まえがき

「男と幸せになるには彼のことをいっぱい理解してあげて、少しだけ愛してあげること。女と幸せになるには彼女のことをいっぱい愛してあげて、理解しようなんて思わないことよ」

これはアメリカのジャーナリストでユーモリストのヘレン・ローランドという女性の言葉だ。

ぼくは理解されるよりは愛されたいと思っている男なので、彼女の男性に対する考察には異議を唱えたいが、女性についてのコメントには「ほんとだよな、上手いこと言うな」と納得してしまう。

ぼくはもう半世紀以上生きてきたが、未だに女性を理解できたとは思っていない。

理解するどころか、年を重ねれば重ねるほど、よけいわからなくなってきた。

怒っていると思ったら笑っているし、純真なんだなと思っていたらえらく淫靡だったり、か弱いなと思っていたらぼくなんかより何倍もタフだったりと、ぼくの女性に対する読みはよく外れる。

また、さも理解したようなことを口走って、「なに的外れなことを言っているのよ」と怒られることも多々ある。

だから最近は、というか、もうかなり前から、ぼくはそんなに真剣に女性を理解しようとは思わなくなった。いちおう自分なりにトライはするが、わからないところはわからないと思って諦めている。

でも、こと女性を愛することに関しては、昔からとても簡単なことだった。

ぼくの周りには小さいころから女性がたくさんいた。家には母、坂を下ったすぐのところに父方の祖母、丘をひとつ越えたところには母方の祖母とふたりの叔母がいて、ぼくは彼女たちの温かさと笑顔に包まれて育った。

破天荒で独立心旺盛で、バイタリティ溢れる母。週末によく遊園地や近くの温泉に連れて行ってくれた父方の祖母のバーバ。いつも笑顔でぼくの他愛のない話に耳を傾けてくれた母方の祖母のハチバーバ。遊びに行く度にトランプや花札のゲームに付き合ってくれた叔母のふーちゃんとみーちゃん。ぼくはそんな彼女たちのことが大好きだったし、彼女たちもぼくのことを無条件に愛してくれた。

また、ぼくが小さいころ、家には常にひとりかふたりの住み込みのお手伝いさんがいて、ほとんどが地方から出稼ぎにやって来た20歳前後の女の子だった。ぼくは三兄弟の長男で、幼いころは弟たちといつもやんちゃに暴れ回っていたが、彼女たちお手伝いさんがぼくのお姉さん代わりになり、家を女性の甘い香りで満たしてくれた。

近所の悪ガキ仲間の中にもよっちゃんという年上の女の子がいて、一緒に自転車を乗り回し、隣町の悪ガキたちとの喧嘩では、いつも一緒に棒を振り回して戦ってくれた。

また、家から坂をちょっと下ったところにはそばかすの可愛いかよちゃんという女の子が住んでいて、彼女とはよく、近くの八幡神社でデートをした。とはいっても当時のぼくも彼女も10歳前後。デートといっても木の陰で手を握り合ったり、別れ際にほっぺにチューをするぐらいが関の山だったが、ぼくは長い間、彼女のことが好きだった。

このような「女の都」のような環境で育ったぼくが、女性を愛し、女性に心を開くことはとても自然なことだった。

青年になり、大人になったぼくは、女性と気楽に語り合い、友達になり、付き合い、愛し合い、心を許す仲になっていった。

ここに綴ったのは、そんな女性たちとの物語である。

この本を書くきっかけとなったのは、ある出版社から外国人の女性と上手く付き合うマニュアル本を書いてくれないか、という執筆依頼だった。ぼくはそういったマニュアル本を書く気はまったくないので依頼はお断りしたが、それから数日間、今まで付き合った女性との関係について色々と考えてみた。そして、物語として面白いものがかなりの数あるなと思い、自分の楽しみのために少しずつ、書き始めた。

初恋の話、失恋の話、ファースト・キス、ハウスシェア、片想い、浮気、フリー・ラブ、セクシャル・ファンタジー、異国での出会い……次から次へと過去の物語が浮かび上がり、ぼくはそれらを書き綴っていった。他の本に書いた話もいくつか取り上げたが、それらも全て、新たに書き直した。

母や祖母について書いたものもあれば、3人の妻や、長い間付き合った女性、娘、友人、束の間の恋人、愛人、旅先で出会った人々の話などもある。物語というよりは人物スケッチやコラージュ、自分の思いを綴ったノートの域に留まっているものもある。

毎日、パソコンに向かってそれらをひとつひとつ書き綴っていったが、それは思いのほか、楽しい作業だった。普段は遅筆なぼくが、自分でも驚くほど良いペースで書き進めることができた。キーボードを叩く音もいつもよりリズミカルでテンポが良かった。そして気がつくと、1冊分の原稿ができ上がっていた。

ぼくは今まで、女性に振られたり裏切られたりしたこともあるが、それはどちらかというと例外的な出来事で、ぼくは女性にずっと信じられないぐらい良くされてきた。辛かったことと楽しかったことを比べたら、楽しかったことの方が圧倒的に多い。今まで付き合った女性の多くとは今でも友達だし、もう2度と会いたくない女性などひとりもいない（いや、いるとしてもふたりぐらいだ）。

ぼくは人生のあらゆる側面で彼女たちの優しさに癒され、笑顔に励まされ、芯の強さに勇気づけられてきた。そして何よりも、彼女たちの愛に育まれ、救われてきた。

その意味で、女性はぼくの人生の友であり、旅仲間であると同時に、心の師であり、精神の拠り所でもある。今まで、彼女たちにどれだけ優しさや愛について、忍耐や寛容さについて教えられてきたかわからない。そう、彼女たちなくして、ぼくはここまで元気に、自分らしく、オープンに、やってこられなかったと思う。

毎日、キーボードを叩きながらそんなことを思った。


そんなわけで、この本は、ここに登場する女性ひとりひとりに感謝とリスペクトの気持ちを込めて書いた、ぼくなりの女性へのオマージュである。

「おれは自分が値する以上に優しくされてきた……人生のもろもろにでもなく、社会一般にでもなく、女性たちにね」

これはあの愛すべき、女好きの酔いどれ詩人のチャールズ・ブコウスキーの言葉だが、ぼくもまったくの同感である。

目次

女性があなたに話しているとき、
彼女の目が何を言っているか、
聞くのです。

ヴィクトル・ユーゴー

When a woman is talking to you,
listen to what she says with her eyes.

Victor Hugo

1 スピーク・トゥ・ミー

デートのとき、相手の女性と何を話していいのかわからない、といったようなことをよく耳にする。

若者向けの雑誌などでもときおり「デートに役立つ50のトピックス」とか「女性と盛り上がるための100の話題」みたいな特集が組まれたりする。アメリカやヨーロッパの若者向けの雑誌でこんな企画を立ち上げたら、笑い飛ばされるだけだが、日本ではけっこう真面目に読まれているみたいだ。

女性と話をするのは簡単だ。何を話せばいいのかって？　自分がなぜ今、ここでデートをしているのか、考えてみればいい。答えは明解だ。デートをしている相手に興味があるからだ。なら、何を話せばいいかなんて考えていないで、彼女のことを色々と聞けばいい。

彼女のバックグラウンドとか、仕事のこととか、好きな食べ物とか、好きな映画とか、音楽とか、小説とか、旅とか、尊敬する人物とか、家族のこととか、夢とか、将来のプランとか、幼年期の思い出とか、聞くことは山ほどある。そういうことを聞きながら、それに呼応するような自分の話を織り交ぜて、共感を培っていけばいいのだ。

女性は同性には色々と話す機会があるけれど、自分について男性に語る機会はそれほどない。男が話を聞いてくれないからだ。

レストランやカフェにいるカップルを見ても、男が自分の話ばかりしている。女性の話に興味深そうに耳を傾けている紳士をなかなか目にしない。男は自分のことで頭がいっぱいだし、好きな女性といるときは、自分のことをアピールするのに必死だからだ。

だから、女性にさりげなく質問してみるといい。興味深く、落ち着いて、耳を傾けてあげると、女性は水を得た魚のように、自分のことを色々と語ってくれる。考えながら、思い出しながら、素直に、ストレートに、自分の気持ちや思いを語ってくれる。

そういうときの女性の顔はとても美しいし、生き生きとしている。

そして彼女たちの語る物語には秘密の花園や、深淵の世界や、お伽の国や、暗いアンダーグラウンドや、不思議な旅や、泣きたくなるような悲劇や、底抜けに面白いスラップスティックや、興味深い人間ドラマがいくつも秘められている。

ぼくは、容姿的にはまったくタイプではない女性の話を聞いて、その語りに感動して、思わず涙を流し、気がついたら彼女に恋をしていたことが何度かある。その中のひとりとは、彼女の物語の素晴らしさがきっかけとなり、2年間も同棲したぐらいだ。

でも、ファーストあるいはセカンド・デートの時点で、聞いてはいけないこともいくつかある。ひとつは過去の関係やボーイフレンドについて根掘り葉掘り聞くことだ。これは野暮だ。女性というものはだいたいにおいて、昔の恋愛話をしたがらない。済んだことは済んだこと。昔の話をいちいち蒸し返したくないのだ。過去にこだわる男の心情もよく理解できないという。

もうひとつは理想の男性像や、恋愛観についての質問だ。こういうことを会ったばかりの女性に聞くのも野暮だし、浅はかだ。「ぼくと付き合う気、ある?」とか「ぼくのこと、どう思う?」と間接的に聞いているのが見え見えだ。全然スマートではない。

こういうことは彼女と恋仲になったあと、ベッドの中でじゃれ合いながら、じっくりと語り合えばいいのだ。

オムレツの作り方ひとつで
あなたの性格は表れる。

アンソニー・ボーデイン

The way you make an omelet
reveals your character.

Anthony Bourdain

2 オムレツとサラダ

「男は料理ができなければだめだ」。そんなことをどこかで読んだことがある。ヘミングウェイかノーマン・メイラーか、そんな女好きの物書きの言葉だったような気がする。

たしかにそうかも知れない。男が料理するのに文句をつける女性はいないだろうし、料理が上手い男性はだいたいにおいて、女性に評判がいい。

でも、残念ながらぼくは料理が苦手だ。オーストラリアでは何度もハウスシェアをしたので、料理にトライしたことは多々あるが、楽しいと思ったことは1度もない。いっぺんに何皿もの料理を作っていると頭がパニックになるし、作りながらの片づけができないので、終わったときはキッチンが物凄いことになっている。

でも、何も作れないのは悔しい。女性を家に招いたとき、何かをささっと作って彼女に食べさせてあげたい。そこでオムレツぐらいは作れるようになろうと決意した。

ぼくは当時、夜間にテレビ局で字幕翻訳の仕事をしていたが、週に3回、シドニーのダウンタウンにあるオムレツ専門のレストランでバイトすることにした。ランチタイムに皿洗いをしたり、野菜をカットしたりしながら、オムレツ作りのノウハウを盗むのだ。営業後、オーナーシェフが個人的にレッスンしてくれることもあった。

3ヶ月もすると卵の溶き方からフライパンへ流し込むタイミング、かき混ぜ方、火加減、回転させながら形を作るコツなどを全てマスターした。中はふわふわ、外はきれいに丸くまとまった、形のいいオムレツができるようになった。様々な具の調理法もしっかりと覚え、30種類ぐらいのオムレツがレパートリーに入った。

フランス人のオーナーシェフはついでにと、千切ったレタスにアンチョビやツナ、ゆで卵、オリーヴ、いんげんなどを混ぜて作るサラダ・ニソワーズの伝統的な作り方まで伝授してくれた。

ぼくはちょうどこのころ、遊び人の友人とともにシドニーの繁華街、キングスクロスにある真っ赤な色調のアパートメントに引越し、ギャンブルとパーティー三昧の日々を送っていたが、オムレツとサラダ・ニソワーズは間違いなく、女性の心と体を開く鍵となってくれた。

これもヘミングウェイだかノーマン・メイラーだかだったと思うのだが、女が物を食べる仕草を見ていると、彼女がどんなセックスをするのか、だいたい想像がつく、と言っていたような。たとえば前菜に出すサラダの食べ方で、おおよそのタイプがわかるらしい。野性的にバリバリとレタスを噛み砕く女性にはワイルドな子が多いし、軽やかなフォークさばきで野菜を摘んで食べる女性は、上品なセックスを好む場合が多い、と言うのだ。

これって本当だろうか？　ぼくにはいまいちわからない。たしかに物の食べ方はヒントにはなるかもしれないが、例外があまりにも多すぎるし、女性をステレオタイプ化するのは愚かなことだ。

ぼくの場合、おしとやかにオムレツをつついていた女性が急に襲いかかってきたこともあったし、サラダを手で野性的に食べていたのにいざセックスになるとものすごく保守的になってしまった女性もいた。こういう予想不可能な女性に会うと、やっぱり女ってわかんないなと思い、なんとなく楽しくなる。

ちなみに、オムレツを濃厚でふわふわしたものにするためには、なるべくミルクを使わないことだ。ミルクは味を薄め、ふわふわしたオムレツの感触を奪い、ザラザラとしたテクスチャーを与えてしまうからだ。

もうひとつ、日本で食べるサラダ・ニソワーズには必ずと言っていいほどゆでたじゃがいもが入っているが、ニースで出される本家本元のニソワーズにはじゃがいもは入っていない。でもまあ、じゃがいもが好きなら入れてもぜんぜん構わないと思う。サラダなんて、好きな物を入れればいいのだ。

When two men fight over a woman,
it's the fight they want, not the woman.

Brendan Francis

男が女を賭けて戦うとき、
それは戦いが欲しいからであって、
女が欲しいからではない。

ブレンダン・フランシス

3 紳士協定

世の中には「友達の彼女には手を出さない」という紳士協定があるようだが、ぼくは誰ともこの紳士協定を結んでいない。友情は大切だが、そういう協定を結ぶようなナヨナヨした友情関係がぼくは嫌いだからだ。それに、好きな女性をものにするためには友達と戦わなくてはならないときもある。

ぼくは今まで友達のガールフレンドを何度か奪い取ってきたが、これには少しの例外をのぞいて、それほど後悔はしていない。また、友達にガールフレンドを奪い取られたことも何度かあるが、別に文句を言ったことはない（いや、殴り合いは何度かしたが、これはあくまで気持ちの発散のためで、相手を怨んだことは1度もない）。

ぼくが初めて友達のガールフレンドを奪ったのはまだ中学生のころだ。同じクラスの親友に、好きな女の子ができたけど、ひとりじゃ照れ臭いのでデートに付き合ってくれないか、と言われたのがきっかけだ。さっそく3人で会うようになったが、彼女は次第にぼくに好意を寄せるようになった。そして、結局ぼくが彼女と付き合うようになってしまった。友達には悪いとは思ったが、そもそも彼がぼくをふたりのデートに誘ったからいけないのだと思い、別に謝りはしなかった。

高校2年のときにはメンバーだった不良グループの仲間の彼女を横取りし（本当はふたりが別れたと聞いたので手を出したのだが）、罰としてグループのリンチに合い、ボコボコに殴られた。でも、潔く殴られたこともあって、そのあとは晴れて彼女と付き合い、誰も文句を言う奴はいなかった。

オーストラリアに渡ってしばらくして、弟のように可愛がっていた親友のピーターにぼくの奥さんのゲイルを奪られたが、このときはかなりショックだった。実際はピーターが彼女を奪い取ったのではなく、ゲイルが去って行ったのだが、やはりぼくはピーターを責めた。でも、彼とはそれからしばらくして仲直りし、ふたりとは今でも仲の良い友達である。今の奥さんのリコを連れてオーストラリアへ行ったときは、彼らが4人の子供と暮らす田舎の家で一泊したぐらいである。

シドニーでブックショップを経営していたとき、ぼくにはヒサオという同世代の親友がいて、彼は長い間ぼくの木屋に居候していたのだが、その間、ぼくは彼のガールフレンドのアネット、メリル、イングリッドと、3人の女性を立て続けに横取りしてしまった。好きな女性のタイプが似ていたのでこうなってしまったのだが、こういうことがあってもヒサオはずっとぼくの親友でいてくれ、タスマニアで暮らす彼とは今でもコンタクトを取り合っている。これはもちろん、彼が偉いのであって、あのときの話をされると（彼は聞かれなければしないけど）、ぼくは頭が上がらない。

ブックショップ時代に出会ったもうひとりの親友のツカサとはバリ島でカフェ・レストランを共

同経営したり、モロッコを旅したりと今でも仲良くやっているが、彼とぼくは幾度となく、お互いのガールフレンドに手を出してきた。

これは別にふたりで競い合ってきたからそうなったわけではなく、ただなんとなくそうなってしまったのだ。さすがにこれでは友情にひびが入るかもしれないと思い、我々の間にだけは協定が結ばれている。とは言ってもぼくたちの協定はお互いのガールフレンドを奪らない、ということではなく、奪りたくなったら前もって宣言する、というものである。

いや、しかし、女性を奪うだの横取りするだの、いかにも女性を物扱いしているように聞こえるかもしれないが、これはあくまで表現の問題であって、女性をそんな風に思ったことは1度もない。本当は女性は奪われたり横取りされたりするのではなく、自分から進んで好きな男を選び、恋人になってくれるのだ。

ぼくの場合、たまたまそういう女性が友達のガールフレンドだったことが何回かある、というだけのことである（だと思うんだけど）。

If you go home with somebody,
and they don't have books, don't fuck'em.

John Waters

女性の家に行って、彼女が本を持っていなかったら、そいつとは寝るな。

ジョン・ウォーターズ

4 女性の本棚

ぼくには色々と悪い癖があるが、その中のひとつは女性の部屋に入ると、まずは本棚をチェックしてしまうことだ。

いつごろからこんなことをやるようになったのかは覚えていない。

若いころは女の子の部屋に入れてもらえただけで感激して、本棚を覗いたりする余裕なんてまるっきりなかった。

でも、色々な女性とデートを重ねていくうちに、ついつい好奇心が先走るようになり、まるで未開の地に足を踏み入れた探検家のように、女性の部屋の内装だとか、調度品だとか、匂いだとか、テレビやテーブルやソファの配置だとか、ベッドの大きさだとか、雑誌やレコードやテープやCDやビデオやDVDなどを、それとなくチェックするようになってしまった。

なかでも、本棚の中身には特に興味をそそられる。そこには彼女の心の風景が写しだされているからだ。

たとえばクロード・レヴィ＝ストロースを筆頭に、ソシュールやラカン、フーコーやデリダやドゥルーズやバルトといった構造主義者やポスト構造主義者の著作がびっしり並んだ本棚の持ち主とは2回ほどデートしたが、結局最後まで彼女が何を言っているのかわからなかった。彼女の学識に圧倒されるばかりで、抱き合うまでは何とか持っていったが、焦るばかりでちゃんとしたパフォーマンスはできなかった。

これとは逆に、本棚にハーレクイン・ロマンスなど、B級、C級の恋愛小説しかなかったアメリカ人の女性とパーティーで出会い、酔った勢いで一夜を共にしたが、朝起きて食事をしながら話すことがまったくないことに気がつき、ほうほうの体で逃げ出した。

ブラジル人のモデルのハディアのアパートに初めて行ったときのことはよく覚えている。彼女がハーブティーを作っている間、ぼくは彼女の本棚をチェックしたのだが、そこにはユング、タントラヨガ、気功、チベット密教、ヴードゥー、菜食主義、マクロビオティック、アロマテラピー、タロット・カード、スーフィズム、オカルト、占星術、禅などの本がびっしりと詰まっていた。

ぼくもこういう本は一通り読んでいたが、気になったのはこういう類の本以外、何もなかったことだ。小説や歴史や哲学や伝記や詩集や旅の本などが一冊もないのだ。

これはちょっとやばいかも、と思った。狂信的で頑固で、風水とか動物占いとかスプーン曲げとかをすぐ信じて、「肉を食べるなんて野蛮よ」と言って回りそうなニューエイジャーのステレオタイプのような女性像が目の前に浮かんだからだ。

でも、結局ぼくは彼女と2年ほど付き合い、結婚する一歩手前までいった。身長180センチの彼女は信じられないぐらいセクシーな美女で、狂信的だろうがニューエイジャーだろうが何でもいいや、と思ったのだ。

波乱に満ちた、楽しい2年だった。彼女は素直で、オープンで、変わり者で、エロティックで、とても優しく、フェアだった。彼女と愛し合えたことを、ぼくは誇りに思う。

でも、それと同時に、彼女が狂信的で頑固なニューエイジャーだったことも間違いない。彼女といた間、ぼくはサンバとボサノバとトランスとインド音楽と（なぜか）トーキング・ヘッズ以外、なんの音楽を聴くことも許されず、ハンバーガー、ホットドッグ、立ち食いそば、添加物一切なしの食生活を強いられ、お香やインセンスを常に嗅がされ、ボクシングや格闘技を見ることは禁止され、ニューエイジ系の書物に囲まれて過ごした。

でも、文句は言わない。彼女そのものが最高のエンターテインメントだったからだ。

でもまあ、そんなわけで、女性の本棚の中身には要注意である。

私は知っていること全てを
映画から学んだわ。

オードリー・ヘップバーン

Everything I learned,
I learned from the movies.

Audrey Hepburn

5 女性と映画 Part 1

残念ながら、初めて女の子とふたりだけで観た映画が何だったのか、思い出せない。

1960年代初期の映画だったことはたしかなのだが、そのタイトルも、それがどこの国のどんなジャンルの映画だったのかも、一切憶えていない。

でも、若いときに女の子と観た映画なんてだいたいそんなものだ。たとえタイトルを憶えていても、その内容はあまり詳しく憶えていない。ファースト・デートの相手の手をいつ握ればいいのか悩んだり、ステディなガールフレンドとキスをしたりまさぐりあったりと、スクリーンに集中できていないことがほとんどだった。

これだからぼくはじっくり味わいたい映画はなるべくひとりで観に行くようにしていた。高校から大学にかけて熱を上げていたベルイマンやゴダールやフェリーニの映画は、ほとんどひとりで観に行った。

この手の映画が好きな女性にまだ巡り合っていなかったし、ひとりで映画館へ行くのは決して嫌いではなかった。

高校のときにいちばん影響を受けた映画は何といってもロベール・アンリコ監督の『冒険者たち』だ。これはリノ・ヴァンチュラ演じる自動車技士と、アラン・ドロン演じるパイロットと、ジョアンナ・シムカス演じる前衛彫刻家がそれぞれのキャリアで挫折し、一攫千金を狙ってコンゴの海へ宝探しの旅に出るという映画だ。冒険、友情、ふたりの男に愛された美しい女性、宝探しの旅、ギャングとの抗争……男のロマンを掻き立てる内容の作品だが、これにすっかり魅了されたぼくは数日後、親友の林を誘ってもう1度観に行った。

思ったとおり、彼も完全にこの映画に魅了され、それからぼくたちはもう4回、一緒に観に行ったのだが、毎回、違う女の子をひとり連れて行った。

今思うとアホらしいことなのだが、ぼくたちはアラン・ドロンとリノ・ヴァンチュラになりきり、ジョアンナ・シムカス演じるレティシア代わりになる女の子を連れて行って、映画のロマンに浸りたかったのだ。ホントにバカな話だが、それだけ我々はこの映画にのめり込んでいたのだ。女の子はぼくたち共通の友達だったり、町でナンパした女の子だったりと、毎回違ったが、そんな女の子を挟んで観る『冒険者たち』は、それなりに味わい深いものだった。

初めてぼくと同じぐらい映画が好きな女の子に出会ったのは、アメリカのカリフォルニアに留学したときだ。ぼくの最初の奥さんとなったゲイルはハリウッドの大作も、ヨーロッパのアート系映画も、アクションものも、ホラーも、戦争映画も、なんでもイケる映画好きで、アメリカでも日本でも、ぼくたちは暇さえあれば映画館に足を運んだ。

アメリカの大学で上映されたブニュエルの『アンダルシアの犬』に始まり、『卒業』、『真夜中のカーボーイ』、『ファイブ・イージー・ピーセス』、『暗殺の森』、『砂丘』、『フレンチ・コネクション』、『時計じかけのオレンジ』、『ベニスに死す』、『わらの犬』、『ゴッドファーザー』、『アギーレ／神の怒り』、『フェリーニのローマ』など、たくさんの素晴らしい映画を一緒に観た。

シチュエーション的にいちばん面白かったのは、放浪の旅の途上、オーストラリアのダーウィンで『明日に向かって撃て！』を観たときだ。映画館は半野外スタイルで、後ろの客席のところだけが屋根つきの2階建てになっていた。1階の席に座っているのはアボリジニばかりで、2階は白人ばかり。これは強制的に別けられているのではなく、昔からの習慣でそうなっているみたいだった。

ぼくとゲイルは1階の方が賑やかで楽しそうなので、アボリジニたちと一緒に観ることにした。映画は面白かったが、セリフの半分以上、観客の声がうるさくて聞こえなかった。ヒーローたちが活躍するところでは拍手喝采、敵役に対してはブーイングの嵐。スクリーンに向かってビールの缶を投げる奴までいた。

アボリジニたちはぼくたちにとても友好的で、ビールがどんどんまわって来るので、映画が終わるころには完全に酔っ払っていた。

Give them pleasure.
The same pleasure they have
when they wake up from nightmare.

Alfred Hitchcock

快楽を与えてあげるのです。
悪夢から目覚めたときと
同じような快楽をね。

アルフレッド・ヒッチコック

6 女性と映画 Part 2

最初の妻のゲイルと別れたあとも、女性とはもちろん色々な映画を観に行った。

シドニーでブックショップを経営していたとき、アネットとイングリッドというふたりの女性と同時期に付き合っていたのだが、彼女たちともよくダウンタウンにあるシネコンや町のあちこちにある名画座に足を運んだ（もちろん、1対1でだけど）。

英語の教師だったアネットとは『マンハッタン』、『レイジング・ブル』、『シャイニング』、『レイダース／失われたアーク《聖櫃》』、『炎のランナー』など、どちらかというと王道の映画を観た。ドイツ系の画家のイングリッドとは『マリア・ブラウンの結婚』や『ノスフェラトゥ』、『ピショット』、『ディーバ』、『フィッツカラルド』といったヨーロッパ系、アート系の映画を多く観た。

イングリッドと別れたときのことは今でもよく憶えている。

小雨が降る小さな公園で「別れよう」と彼女に言った。イングリッドは顔に落ちた雨を拭おうともせずにぼくを見つめ、不思議な薄笑いを浮かべると「あなたは友達といる時間を増やしたいから私と別れるのよね。お笑いだわ」と吐き捨てるように言い、足早にぼくの元から去って行った。しばらく雨の中に立っていたぼくは、雨足が強くなったので、とぼとぼと歩き始めた。近くにヴァルハラ・シネマという、シドニーでは有名な名画座があったので、上映作品も調べないまま切符を買い、中へ入って行った。アート系映画が好きなイングリッドへの最後のオマージュのつもりだったのかも知れない。

中には観客が10人ぐらいしかいなかった。映画が始まったが、なんとそれはデヴィッド・リンチの『イレイザーヘッド』だった。皮を剝がれた山羊だか羊だかの赤ん坊がビービー、ベッドの上で泣いている。かと思うとラジエーターの中で両頰にコブを持った女が、踊りながら胎児だか内臓だかをブチブチ踏み潰している。

恋人と別れ話をしたすぐあとに観る映画としては最悪のチョイスだ。この意味不明な悪夢が終わるころには死にたい気分になっていた。

2年ほど付き合ったブラジル人のハディアともよく映画を観に行ったが、彼女とは映画のモラル性についてよく衝突した。典型的なニューエイジャーの彼女はモラル的に肯定的な作品しか認めないところがあり、そこが論点になったのだ。

たとえば彼女はピーター・グリーナウェイの『コックと泥棒、その妻と愛人』のことを「社会的に何の価値もない、憎しみにまみれた汚物のような映画」と酷評した。たしかに後味のいい映画ではないが、映像的に美しかったし、音楽の使い方も絶妙だ。ストーリー展開も意外性に満ちていて面白かった。そういうところを指摘して、「社会的に価値がないとは言い過ぎなんじゃないかな」と言うと、「あなたにもモラルがないからそんなことが言えるのよ」と言われた。

そんなハディアのあとに出会った今の奥さんのリコは、ハディアとはまったく逆のタイプの女性だった。彼女とは話がよく合ったし、映画の趣味も似ていた。

初めてのデートのとき、いちばん好きな映画は何かという話になり、お互い『冒険者たち』という答えが出て運命を感じた。

付き合い始めたころ、ぼくはデヴィッド・リンチのテレビ・ドラマ『ツイン・ピークス』にハマッていたが、彼女は「このドラマは社会的になんの価値もないわ」、なんてことは1回も言わなかった。それどころか、彼女自身、ぼくと同じぐらいこれにハマッてくれた。

彼女とは『テルマ&ルイーズ』や『ボディガード』、『ピアノ・レッスン』、『イル・ポスティーノ』、『プリシラ』などを観に行ったが、観たあと、映画の話でいつも盛り上がった。タランティーノの『パルプ・フィクション』を観たときは特にハッピーな気分になり、今はなき渋谷パンテオンから東横線の渋谷駅まで、ふたりでゲラゲラ笑いながら歩いたのを憶えている。

やっぱり映画を一緒に楽しめるって、大事なことですよね。

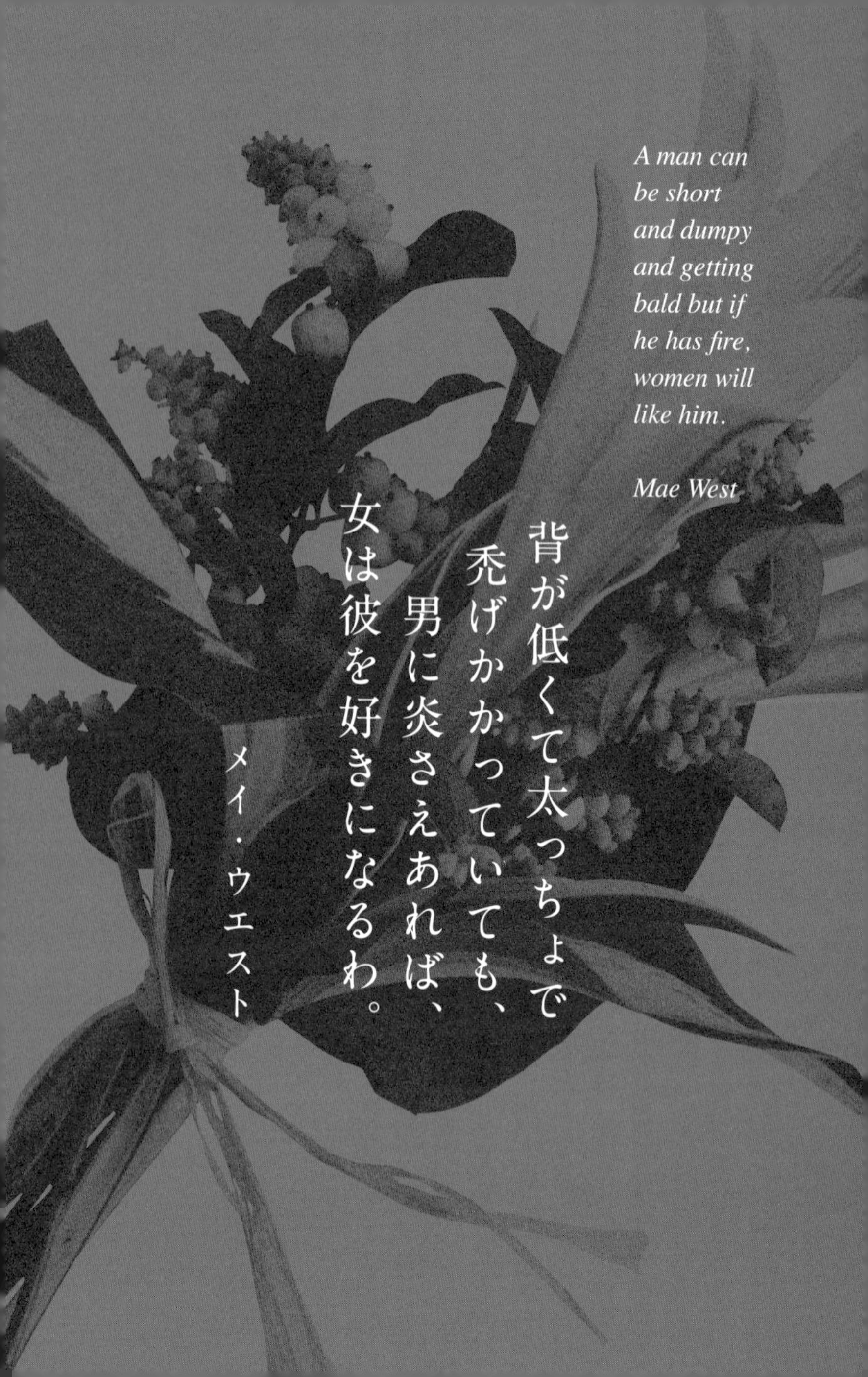

A man can be short and dumpy and getting bald but if he has fire, women will like him.

Mae West

背が低くて太っちょで
禿げかかっていても、
男に炎さえあれば、
女は彼を好きになるわ。

メイ・ウエスト

7 モテ期・モテない期

男はどんなとき、いちばん女性にモテるのか？

もちろん、世の中には一生、女性にモテない男もいれば、どんなときでも不思議なくらいモテる男もいる。でも、普通にモテたりモテなかったりの一般の男がいちばんモテるのは次のようなときだ——恋をしているとき。仕事が上手くいっているとき。自信に満ちているとき。

これは別に説明する必要はないと思うが、恋をしている男は愛のオーラとセックスの匂いを発し、仕事が上手くいっていたり、自信に満ちた男は成功のオーラと生命力の匂いを発し、女性はこれらに引き寄せられるのだ。

逆に男がいちばんモテないのは次のようなときだ——失恋したとき。仕事が上手くいっていないとき。自信がないとき。これも別に説明する必要はないと思うが、女性は傷を負ったり、弱っている男を本能的に避けるのだ。

ではは女性の場合はどうなのか？　女性のモテ期、モテない期は男性と同じなのだろうか？

男も女も根本的には動物なので、だいたいのことは同じなのだが、そうではない点がひとつある。失恋している男はモテない、と言ったが、女性の場合はそうではない。失恋して、心に傷を負っている女性の匂いを男は嗅ぎつけ、敬遠するどころかチャンスとばかり群がって来ることがよくあるのだ。

これが男と女の大きな違いのひとつだ。

女は本能的に強い男、生命力のある男、輝いている男に惹かれ、弱ったり傷を負ったりしている男を極力避けるが、男は美しくて生命力があって輝いている女性に惹かれる一方、弱ったり傷を負ったりしている女性を欲する傾向も持っているのだ。

これは自然の摂理のひとつだと思う。女性は種の保存のため、強い遺伝子を求めるが、女性確保にあぶれる危険と常に隣り合わせの男性は、確保しやすい傷を負って弱った女性を求める習性も兼ね備えているのだ。

だから、とぼくはよく女性に言うのだが、女が弱って傷ついているときに群がって来る男にロクな奴はいない。弱った女の匂いを嗅ぎ出すのが上手いのは、女性確保の競争に負けがちな男か、ちょうどモテない期に入っていて寂しくて仕方のない男に多い。そういう男は女性を守ったり癒してあげるためではなく、女性をゲットするという自分本位の目的のために近寄って来るのだ。

だから女性はこういう男には注意した方がいい。男も自分がいつの間にかそういう男になっていないか、気をつけた方がいい。

では、男はモテないときにはどうしたらいいのか？

何もしないのがいちばんだ。男はモテないときはモテないのだ。ジタバタしてもしょうがないし、すればするほど墓穴を掘る場合が多い。

ぼくも女性と別れた直後、寂しさを紛らわすために友達のガールフレンドに手を出そうとして厳しく拒絶されたり、タイプでもない女の子と夜を共にし、朝起きて物凄く後悔したことがある（こんなことは何回もある）。

最初の妻と別れたあと、自分のタイプではない女性と衝動で同棲を始め、別れなくてはと思いながら、寂しいのがいやなので2年も一緒に過ごしてしまったこともある。

だからこそ声を大にして言いたいのだが、モテないときこそひとりで自分と向き合い、心の中を整え、身辺を整理しておくべきだ。

傷が癒え、寂しさが消え、ひとりでいることに解放感を感じ、自分の人生に再び自信が持てるようになったとき、女性は自然と向こうからやって来る……そう信じて、軽やかな気分でモテない期をやり過ごすことだ。

Don't worry, it only seems kinky the first time.

Anonymous

心配しないでね、
変態的って思うのは
最初だけだから。

作者不明

8 セクシャル・ファンタジー

あなたにとって、性的妄想は大切ですか？

この質問を男性にしたら、きっと100人中95人の男性は「はい」と答えるだろう。そして「はい」と答えなかった5人の男性は嘘をついている。それぐらい、性的妄想は男性にとって重要なものだ。ぼくもその例に漏れず、性に目覚めてからこの方、性的妄想は人生の大きな一部。ときには何時間もその中に埋没していることがある。

では、女性の場合はどうなのか？

女性はポルノのような、視覚的な刺激に男性のような興奮を覚えないということは聞いていたので、性的妄想も男性のようには抱かないのかなと長い間思ってきた。

でも、シドニーでブックショップをやっていたときに読んだナンシー・フライデーの『MY SECRET GARDEN』という本のおかげで、この考えは一変した。ピッツバーグ出身のこの作家は何百人という女性をインタビューし、彼女たちのセクシャル・ファンタジーを語ってもらい、それを一冊の本にまとめた。びっくりする内容のものだった。

ファンタジーは「レイプ」とか「ハーレム」とか「3P」とか「奴隷」とか「獣姦」とか「レズビアン」など、カテゴリー別に分けられていて、女性ひとりひとりの言葉でその内容が詳細に記されているが、読めば読むほど目が点になった。

夫を去勢してペニスを弄ぶファンタジー。若い裸の男の子たちを侍らせひとりひとりを犯していくファンタジー。暴漢に囚われレイプされるファンタジー。犬や馬と交わるファンタジー。黒人の男の奴隷として仕えるファンタジー。女友達を誘惑するファンタジー。まさに何でもあり。奇抜なファンタジーのオンパレードだった。

「すごいなあ！」と思わず唸ってしまった。そして、感銘した。ここまで赤裸々に、オープンに自分の秘密を語れる女性たちは偉いと思った。彼女たちの勇気と素直さに敬服した。そして、なんか、嬉しくなった。おれたち男と、同じじゃないかと思ったのだ。

人間のセクシャル・ファンタジーに正常も変態もない。いや、ファンタジーなんてものはそもそも、変態的なのかもしれない。それでいいではないか。人が変態的なファンタジーを持っているからといって、セックスに愛や親密さがないわけではない。また、人間はファンタジーによって罰せられるわけでもない。ファンタジーを実践したいなら、大人同士、プレイで実践すればいい。

それからというもの、ぼくは付き合っている女性のセクシャル・ファンタジーをそれとなく聞くようになった。もちろん、言いたくない娘には無理には聞かないけれど、聞いたほとんどの女性は素直に答えてくれた。そしてぼくにできるときは、それらのファンタジーを叶えてあげるようにした。

お尻を叩いて欲しいという女性は叩いてあげたし、叩きたいという女性には叩かせてあげた。犯されたい女性は犯してあげたし、犯したいと言う女性には犯させてあげた。自然の中でセックスしたいと言われればそうしたし、カーセックスも、道端に立ってのセックスもした。奴隷にもなったし、女にもなったし、犬にもなった。

もちろん、全てのプレイが楽しかったわけではない。中には「めんどくさいなあ」と思ったものもあったし、満足いくパフォーマンスができなかったこともある。でも、女性がファンタジーに燃えたり溺れたりする姿を見るのは好きだった。

そんな中、ひとつのファンタジーにだけはどうしても応えることができなかった。

シドニーで付き合っていたイングリッドのファンタジーは、ぼくが男にお尻を犯されるのを見ながら、オナニーすることだった。これも、何とか叶えてあげようと思った。ある晩、ブックショップの上のぼくの部屋で、友人でパンクスのカール・ブロンドと彼のガールフレンドとイングリッドと一緒にいるとき、話がグループ・セックスの話題になり、もうちょいでそういう状況になりかけたが、やはりできなかった。カールに犯されている自分をどうしても想像できなかったのだ。

これに関しては、今でも少し後悔している。

Love is so short,
forgetting is so long.

Pablo Neruda

愛はあまりにも短く、
忘れるにはかくも長い時間がかかる。

パブロ・ネルーダ

9 恋人と別れる50の方法

アメリカのフォーク・デュオ、サイモン&ガーファンクルのポール・サイモンのヒットソングに「恋人と別れる50の方法」というのがある。

これは、恋人とどうしても別れられない男に、女友達がアドバイスを送る、という内容の歌で、恋人と別れるのなんて簡単、方法だって50はあるはずよ、自分で自分を自由にするのよ、話し合いなんてする必要はないわよ、といった感じで進んでいく。

この歌を初めて聴いたとき思ったのは、なんだよ、内容とタイトルとが全然違うじゃねえかよ、ということだった。

恋人と別れる方法は50どころか、5つしか示されていない。それも、ただ裏から出て行くのよとか、バスに乗っちゃいなさいよとか、部屋の鍵を捨てちゃいなさいとか、いい加減なものばかり。なんだよ、ただ逃げるってことかよ、と思わずツッコミを入れたくなった。

でも、恋人と別れる方法なんてものは、そんなものなのかもしれない。つまり、早い話、逃げること以外ないってことだ。

この歌の興味深いところは、女性が男性に別れ方のアドバイスをしていることだ。男は女と比べると、別れるのが下手だ、というのがもう常套句のようになっているが、これはあながち間違いではないのかもしれない。たしかに男は情に流され、相手に共感したり感情移入したりしてしまうが、女性は終わった関係はスパッと切ったり忘れたりして、次の関係に気持ちを切り替えることができる。

もちろん、例外はあるだろうし、全ての男女に当てはまることではないにしても、大きな傾向としてはそうみたいだ。そしてこの傾向こそが、種の保存の原理に則っているものなのかもしれない。つまり、雄は相手として選んだ雌をそうやすやすと手放しはしないが、雌はダメと思った雄はなるべく早く手放し次の相手を探す、という原理だ。

ま、種の保存とか男女の原理のことはよくわからないが、ぼくの場合はモロにそうだ。昔から、女性を振るのが大の苦手なのだ。

振られるのは全然問題ではない。胸が張り裂け、死にたい気持ちにはなるが、振られたらやることはひとつ。ただ悲しんで、泣くだけだ。

でも、いざこっちから振るとなると、話は別だ。どうしていいんだかわからなくなる。そんなことをしたら、相手が死んでしまうのではないか、と思ってしまう。

これを女性蔑視的な考え方だと言われたら、返す言葉がない。そう、たしかにそうなのだ。相手に感情移入していることもたしかにあるのだが、ぼくのどこかで、女性をひ弱な存在として見ているところがある。だから、そう思ってしまうのだ。

そんな固定観念を乗り越え、付き合っていた女性に別れを告げたことも数回あるが、ほとんどの場合、上手くいかなかった。

その良い例が、大学時代に付き合っていたマサという女性との別れだ。

ぼくに依存し過ぎていた彼女にキッパリと「別れよう」と言ったあと、親友の林とヒッチハイクの旅に出たのだが、行く先々で他人の顔が彼女の顔に重なって見え、その都度、胸が痛くなった。彼女のことがまず心配になり、そのあと恋しくてたまらなくなった。旅に出て8日後、とうとう我慢できなくなったぼくは、ひとりで旅を切り上げ彼女の元に戻って行った。

でも、ときすでに遅し。彼女は新しい恋人を見つけていて、ぼくがどんなに懇願しても、迎え入れてはくれなかった。

若さとは、
我々みんなが
いつかは
回復する病気よ。

ドロシー・フルドハイム

Youth is a disease
from which we all recover.

Dorothy Fuldheim

10 横浜グラフィティ

この本を読んでいるほとんどの人の中学時代、高校時代と比べれば、ぼくのそれはとんでもなく生意気で、ませていて、礼儀知らずに見える筈だ。

横浜生まれ、横浜育ちのぼくは元町商店街の近く、山手の丘にあったセント・ジョセフ・カレッジという小、中、高一貫のカトリック系、男子校のインターナショナル・スクールに通っていた。そして、こういう学校に通っていた多くの人間がそうであるように、ぼくもぼくのクラスメートも、治外法権的に自分たちだけの世界に浸って生きていた。

舞台は1950年代、1960年代の日本。学校の中はFEN（極東放送網というアメリカ進駐軍のラジオ局）、アメリカン・ポップスやブリティッシュ・ロック、ダンス・パーティーやステディ・リング（恋人にあげる指輪）の世界。外に出ると美空ひばり、石原裕次郎、ヤクザ映画、ザ・ピーナッツ、高校野球に力道山の世界が待ち受けていた。つまり、アメリカでも日本でもない、奇妙なトワイライト・ゾーンの中でぼくたちは青春時代を過ごしたのだ。

町ではよく、学生服を着た丸坊主の中学生や高校生とすれ違ったが、ぼくたちは彼らとはまったく違う次元の世界に住んでいた。

たとえばぼくはタバコを13歳のときに吸い始めたし、童貞をなくしたのは翌年の14のとき。高校生になると月に1回はダンスパーティーへ行って女の子とチーク・ダンスを踊っていた。放課後は校門のところに友人たちとたむろし、隣の女子だけのインターナショナル・スクール、サンモールの女の子たちがやって来るのを待って、彼女たちに声をかけた。

そのあとは元町商店街を我が物顔で闊歩し、喜久屋やシェルブルーといった飲食店の中でコーラを飲み、ハンバーガーを食べ、女の子や音楽の話で盛り上がった。

よくこういった店がぼくたちの来店を許したものだと思う。特にシェルブルーは横浜の遊び人の大人たちが好んで通うステーキハウスだった。そんなところに高校生のガキどもが集まってビートルズだのストーンズだのガールフレンドなどの話でワイワイやっているのだ。さぞかし目障り、耳障りだったことだろうと思う。

元町以外でよく行っていたのは本牧にあったアメリカ海軍の居住区ベイサイド・コート内のボウリング場だった。まだ日本にボウリング・ブームが到来する以前の話だ。ぼくたちは学校が退けるとここへ行き、本場のアメリカン・スタイルのハンバーガーを食べながらボウルを転がし、タバコを吸い、アメリカ人の女の子をナンパしたりして過ごした。小生意気なガキである。

ベイサイド・コートに住んでいたリサという女の子とデートしたときのことは今でも憶えている。

ぼくたちは馬車道で映画を観たあと、元町のシェルブルーでハンバーガーとチリコンカーンを食べ、そのあとぶらぶらと山手の港の見える丘公園まで歩いて行った。

ぼくとリサはベンチに座るとすぐにキスを始めた。彼女がどんな顔をしていたかは忘れてしまったが、とてもエロティックなキスをする子だったことは憶えている。舌の使い方が絶妙なのだ。良く晴れた、暖かい夜だったが、時間も遅かったので周りにあまり人はいなかった。キスはものの数分でペッティングへと発展し、ぼくたちはベンチにほとんど横になった状態で口を吸い合い、体をまさぐり合った。15、16歳のころのことである。

どのくらい経っただろうか？「君たち！」という声がしたので見上げると、初老のお巡りさんが困った顔をして立っている。そして、首を横に振ると、

「君たちはまだ未成年なんだろ？　こんな時間にこんなことしてちゃいかんだろ」と言った。まずいなと思ったぼくは、早口の英語で「あなたの言っていることは理解できない。英語でおねがいします」とベラベラまくしたてた。

この反撃にお巡りさんは2、3歩後ずさりし、しばらく目をパチパチやっていたが、そのうち肩を落とすと回れ右をし、「そうだよな……日本は戦争に負けたんだよな……仕方ないよな……」みたいなことをぶつぶつ言いながら去って行った。

あのときのことを思い出すと、あのお巡りさんに謝りたい気分になる。

There are shortcuts to happiness,
and dancing is one of them.

Vicki Baum

幸福へは近道があるけど、
そのひとつは踊りよ。

ヴィッキー・バウム

11 ラブ・ミー・ドゥ

ビートルズのことを初めて耳にしたのは学校のカフェテリアだった。クラスメートのカールがアメリカの新聞の切り抜きを持って来て、「なんかこのグループ、ホットみたいだぜ」と言ったのだ。切り抜きにはおかっぱ頭の4人の若者のモノクロ写真と、女性記者のいかにも芸能リポーターっぽい、うわついた口調で書かれた記事が載っていた。「いま、世界でもっとも注目されているグループはイギリスから突然現れた、最高にヒップでスーパーな4人組よ。名前はザ・ビートルズ。可愛い名前でしょ？……」

それから2週間ほど経ったある土曜日、山手に住んでいるヘレンという女の子の家でパーティーがあった。ヘレンの両親がハワイに遊びに行っているので、サンモールやセント・ジョセフやベースの中のハイスクールの友達を集めてわいわいやろう、というのだ。男女合わせて30人ぐらい集まっただろうか。

ぼくたちは彼女の家のリビングに集い、ヘレンが作ってくれたカナッペやフライドチキンを食べ、ラムが入ったフルーツパンチを飲み、ポテトチップスをポリポリやり、ポップコーンをみんなで作り、笑い、いい感じにリラックスしたところで踊りだした。

リトル・エヴァの「ロコ・モーション」、チャビー・チェッカーの「レッツ・ツイスト・アゲイン」、ジ・オーロンズの「ワー・ワトゥスィー」、ザ・ビーチ・ボーイズの「サーフィン・サファリ」、ジョーイ・ディー・アンド・ザ・スターライターズの「ペパーミント・ツイスト」などなど。ツイストやワトゥスィーやジャークといったダンスが全盛だった時代だ。

ぼくたちはヘレンの家のリビングのフロアで汗だくになって体をゆすり、たまにスロウなナンバーをかけてはチークを踊った。

その晩のぼくの目当てはジュリーというアメリカと日本のハーフの女の子。ぼくと同学年のサンモールの生徒で、以前から可愛いなと思っていたが、シャイな娘なのでなかなか声を掛けられないでいたのだ。このパーティーはまたとないチャンス。ぼくは彼女を積極的にダンスに誘っては踊った。スロウ・ダンスではなかなか体の距離を詰めさせてくれなかったが、3回目のスロウでやっとほっぺたを合わせて踊ってくれた。さすがにこのときはドキドキして、体が震えた。

夜も10時を回り、パーティーもそろそろ終わりに近づいたころ、誰かがシェリー・ファバレスの「ジョニー・エンジェル」を掛け、他の誰かが部屋のメインライトを消した。いよいよ勝負のときだ。ジュリーとは話もかなり弾み、いい感じに距離も縮まってきた。今度こそダンスの最中にキスをするんだ、と自分に言い聞かせ、彼女を踊りに誘った。

でも、歌が始まって間もなく、「キャーッ！」というヘレンの叫び声が彼女の部屋から聞こえた。ぼくたちは全員、彼女の部屋に駆けつけたが、中ではヘレンが両手で頭を抱え、「ビートルズよ！」と叫んでいる。部屋のラジオからはイェーイ イェーイ イェーイという歌声が弾け飛んで来る。女の子たちはみなヘレンの元に駆け寄り、キャーキャー黄色い声をあげている。残された男たちは部屋のドアのところにつっ立って、ばつの悪い顔をしていた。

これがぼくが初めて耳にしたビートルズのナンバーである。このあとは場が白け、ジュリーとキスをしないままパーティーはお開きとなってしまった。

それから数週間後、ジュリーと晴れて付き合うことになったので良かったが、かなり長い間、ぼくはビートルズのことが嫌いだった。

It's so long since I've had sex I've forgotten who ties up whom.
Joan Rivers

FICTION
LITERATURE
PERFORMING
ARTS
SEXUAL
POLITICS
HOMOSEXUALITIES
SINGLE
OUT
NOW
ESTIVAL

It's so long since I've had sex
I've forgotten who ties up whom.

Joan Rivers

あまりにも長い間
セックスしてないので、
誰がどっちを縛るんだったか
忘れてしまったわ。

ジョーン・リヴァース

12 奴隷

エリカとはぼくの高校が主催するダンス・パーティーで会った。

1964年。ぼくが16歳のときだ。黒いタートル・ネックに黒いスカート、黒のロング・ソックス。シルヴィー・ヴァルタン・スタイルのオカッパ頭が黒髪に妙に似合っていた。

ダンスに誘って話を始めた。ぼくは18歳だと嘘をつき、彼女は19歳だと嘘をついた。あとでわかったことだが、彼女は21歳の大学生だった。

踊っている間、彼女はぼくのことを観察するような目で見ていた。

「このパーティー、つまらないわ。出ない？」と彼女が言い、タクシーに乗ると山手のフェリス女学院の近くにある平屋建ての洋館に連れて行かれた。

「パパは今、仕事でヨーロッパに行っているから、ここには私ひとりで住んでるの」

父親はチーズやフォワグラ、ワインやキャビアなど、高級食材を輸入する会社を経営しているとのことだった。

彼女はチャーリー・パーカーのレコードをかけ、大きなワイングラスに赤ワインを注いでくれた。赤玉ポートワインではなく、本物のワインを口にするのは初めてだった。ラベルを見ると、フランス語で何やら書かれていた。

ぼくはかなり緊張していた。場違いな、大人の世界へ間違って足を踏み入れてしまった気がした。ぼくたちはしばらく話をしたあと、軽くキスをし、ベッドルームへと移動した。服を脱がし合い、ベッドに入ったが、緊張していて勃つものが勃たない。困った顔をしているぼくを押し倒すと彼女は「足を開いて」と命令した。ぼくが言われたとおりに足を開くと、彼女はぼくのペニスに息を吐きながら、陰毛を1本、プツンと抜いた。そして勃ち始めたソレを見て、クスッと笑った。ぼくのM性を見抜いたのだ。それから小一時間、彼女は犯すようにぼくを貪った。

それから半年間、ぼくは彼女の奴隷になった。

毎週金曜日に電話があり、「明日、いらっしゃい」、「日曜日の夜においで」と指令が入る。ぼくは言われたとおり、家に行き、彼女の好きなように遊ばれた。

縛られることもあったし、目隠しされることもあった。何時間も舌で奉仕させられることもあったし、裸で英語を教えさせられたりもした。誕生日には彼女がロンドンのカーナビー・ストリートのブティックで買ったロングコートをプレゼントされ、裸でそれを着て街を歩かされ、映画館で手でイカされた。映画は『ブルー・ハワイ』だった。

クラスメートがビートルズやストーンズで盛り上がり、ガールフレンドと甘い恋に戯れていたころ、ぼくはほとんど毎週末、四つんばいでエリカの足を舐め、彼女に舌を吸われ、目玉を舐められ、快楽に狂った。

出会ってから半年後、ぼくは彼女の元から去った。これ以上一緒にいたらおかしくなると思い、逃げたのだ。

ぼくは彼女のことを愛していたのだろうか？　これについては今でもよくわからない。真剣に愛していたような気もするし、ただただ彼女との快楽に酔いしれていただけのような気もする。

わかっているのは、彼女との経験のおかげで、ぼくは自分の中にある受動的な側面、女性的な性を発見することができたし、快楽にとことん溺れる自分を知ることができた。

「私は変態なんかじゃないわ。セックスに正常も変態もないの。あるのはセックスだけよ」と彼女はよく言っていた。うまいことを言うなと当時思ったが、あれは嘘っぱちだ。

彼女は間違いなく、正常のところなど微塵もない、ゾクゾクするような変態だった。

I have been treated better than I should have been... not by life in general nor by the machinery of things but by women.

Charles Bukowski

EXILES BOOKSHOP

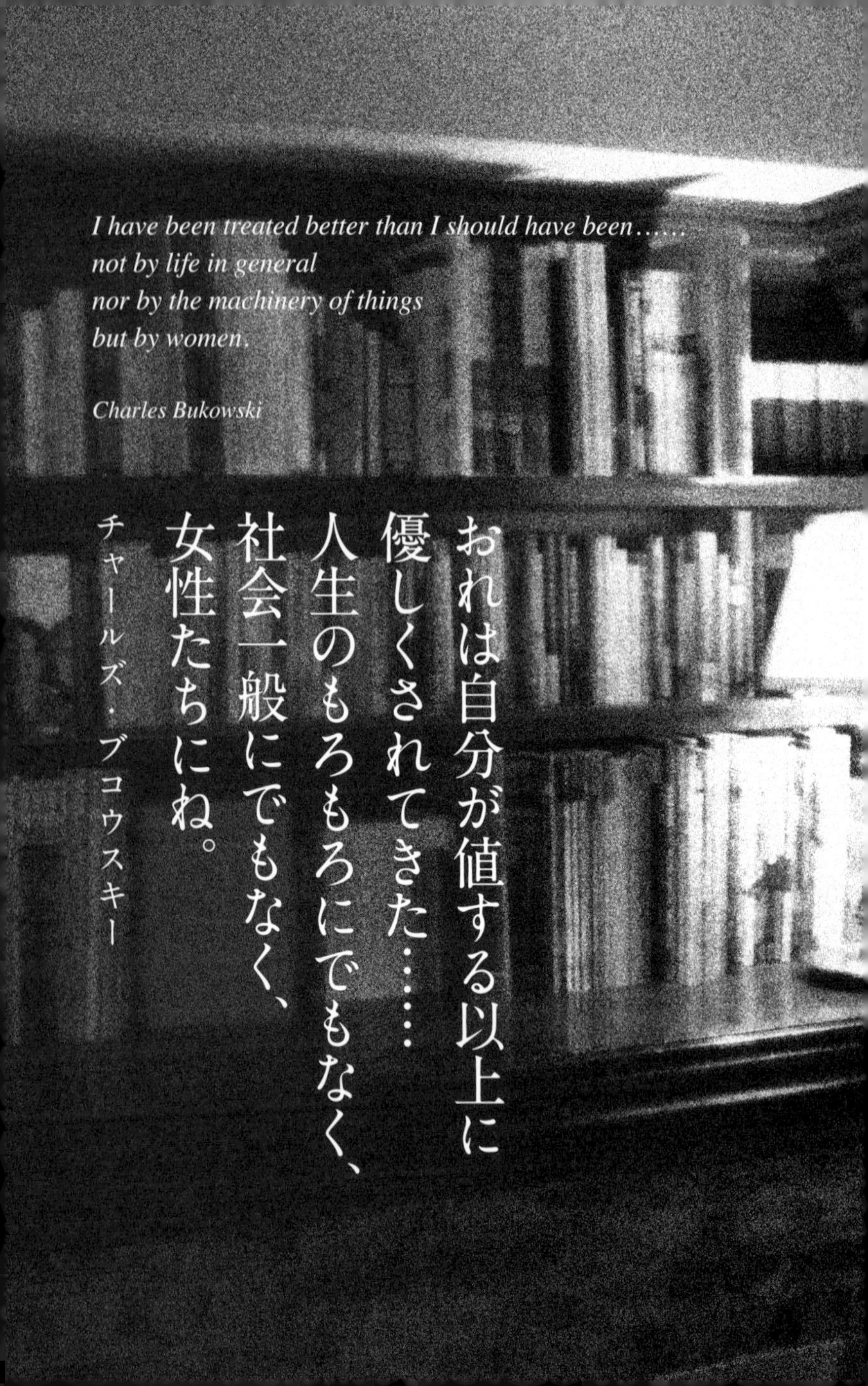

*I have been treated better than I should have been……
not by life in general
nor by the machinery of things
but by women.*

Charles Bukowski

おれは自分が値する以上に
優しくされてきた……
人生のもろもろにでもなく、
社会一般にでもなく、
女性たちにね。

チャールズ・ブコウスキー

13 旅の天使たち

旅をしていて、ちょっとした問題に直面したり、窮地に陥ったりすると、どこからともなく親切な人が現れて、手を差し伸べてくれることがある。ぼくは彼らのことを「旅の天使」と呼んでいる。

1972年、妻のゲイルとともに放浪の旅に出ていたときのことだ。

マレーシアのペナン島へ向かっている途中、イポーという町でちょっとしたアクシデントがあった。町外れでヒッチハイクして、トラックに乗せてもらったのだが、そのとき、ゲイルが道端にバッグを置き忘れて来てしまったのだ。

急いで元の場所に戻ったが、バッグはなかった。中には現金で30万円と3万ドル相当のトラベラーズ・チェック、彼女のパスポートや運転免許証などが入っていた。つまり、彼女の貴重なトラベル・ドキュメントと、我々のあり金を全て持っていかれたのだ。

警察に盗難届を出したあと、ゲイルはパスポートの申請と、トラベラーズ・チェックを再発行してもらうため、バスでクアラルンプールへ向かい、ぼくはイポーで待機することにした。現金は戻って来ないと思ったが、バッグやパスポートが見つかる可能性があったからだ。

持ち金のほとんどないぼくはお巡りさんの紹介で、中国系の安宿に泊まることとなった。

夕方になると雨が降り始め、そのうち物凄い豪雨となった。宿の一階は中華レストランになっていて、ぼくはそこで降りしきる雨を見ながらしょんぼりしていた。

実はぼくは日本を飛び出す前からなぜか精神的に落ち込んでいて、その上バッグをなくしたということもあって、泣きたいぐらい憂鬱な気分に陥っていたのだ。

雨は夜になるとさらにひどくなり、目の前の道路は川のようになった。そんな中、若い女性の集団が宿の方から店に入って来て、ぼくにブロークンな英語で話しかけてきた。

「バッグ、盗られちゃったんだって？」「大変だね」「日本から来たの？」「奥さん、アメリカ人で美人なんだって？」「ご飯、食べた？　ここの料理、美味しいよ」

彼女たちはお巡りさんからぼくたちのことを聞いていたらしい。

10人ぐらいいただろうか。年はまちまちで、まだティーンエイジャーと思える娘もいれば、30歳ぐらいの女性もいた。みな、びっくりするぐらいエロティックな格好をしていて、透け透けのスリップを着ている娘までいる。

みんな、ここで何をしているのかと聞くと、彼女たちは大声で笑った。

「あははは！　あなた、お巡りさんから何も聞いていないんだね」「ここは売春宿で、私たちは売春婦」「そうよ。でも、今夜はこんな雨だからお客は来ないね」「うん、だから一緒にご飯食べよ」

「そうそう、私たちがおごるからさ」「ビールも飲もう！」

結局その晩は彼女たちに中華料理をたらふくご馳走になり、タイガー・ビールやアンカー・ビールを浴びるように飲んだ。彼女たちはみな陽気で、ぼくたちは夜中過ぎまで笑い、歌い、踊り、馬鹿騒ぎをした。

日本を出て以来、ぼくは初めて自分のダークな精神状態から解放され、心の底から笑うことができた。

その晩、ぼくはベッドに入り、降り続ける雨の音を聞きながら久しぶりに泣いた。彼女たちの優しさと温かさが胸に染みたのだ。

数日後、ゲイルと落ち合うためにイポーをあとにしたのだが、旅の天使たちひとりひとりとハグをして別れた。彼女たちの髪はみな、甘いココナッツの香りがした。

The world needs more love at first sight.
Maggie Stiefvater

世界には一目惚れがもっと必要よ。

マギー・スティーフヴェイター

14 フリー・セックス

美しい栗色の目をした女の子に一目惚れしたのはモスクワにあるレニングラード・ホテルのダイニング・ルームだった。１９６７年の6月のことである。

高校を卒業したばかりのぼくは横浜からソヴィエトの船でナホトカへ渡り、シベリア鉄道に乗ってモスクワまでやって来ていた。

ぼくにとって初めての海外旅行。全てが新鮮だった。モスクワに着くと、ぼくは地下鉄に乗って赤の広場やゴーリキー公園などを観て回った。地下にある、ビートニク風のカフェにも行った。そして翌日の朝、栗色の目をした女の子に恋をした。

歳は16、17。良く整った顔、大きな栗色の目、長いブルネットの髪。今までの人生で目にしたどんな女の子よりも可愛いかった。

彼女は10人ほどの大人と一緒に目の前のテーブルに座っていたが、彼女から目を逸すことができなくなった。その晩のディナータイムも、翌朝の朝食のときも、彼女に視線を送り続けた。

彼女もいつしかぼくの視線に気づき、たまにぼくのことをちらっと見たり、わざとしばらく無視したりと意識しているようだったが、いやな顔はしなかった。

モスクワ最後の日の午後、チェックアウトするために荷物を持ってホテルのエレベーターに乗ると、彼女が中にいた。ぼくが思い切って自己紹介すると、彼女はにっこり微笑み、名前と住所と電話番号の書かれた紙切れをポケットから取り出してぼくにくれた。ぼくのためにあらかじめ書いておいてくれたみたいだ。名前はアンヌ・マリー・ホリンデール。スウェーデンのストックホルムの近くに暮らす、高校3年生だった。

それから2週間後、ストックホルムのレストランで皿洗いのバイトをしていたぼくは、もう1度あの天使のような顔を見たいと思い、彼女に電話した。

「ロバート！　ぜひうちに遊びに来て！」彼女は嬉しそうな声でそう言ってくれた。

彼女の家はストックホルムから1時間ほど電車で行った地方都市の閑静な住宅地にあった。花を持ってドアを叩くと、彼女が飛び出て来てぼくを抱きしめ、両頰にキスをしてくれた。後ろにはモスクワで一緒だったお母さんとお父さんが笑顔で立っていた。

その晩、ホリンデール一家はぼくを温かくもてなしてくれた。お母さんは腕を振るってご馳走を作り、デザートにはケーキまで焼いてくれた（ブダペストバーケルセという難しい名前のチョコレート・ケーキだった）。お父さんはホリンデール家について熱く語り、アンヌ・マリーの子供のころの写真まで見せてくれた。食後にはお父さんとチェスもやった。そのあと、アンヌ・マリーがピアノを弾いて、みんなでピーター・ポール&マリーやビートルズの歌を歌った。

遅くなったので、そろそろおいとましますと言うと、お母さんが泊まっていきなさい、と言う。お父さんもアンヌ・マリーもそれに賛同した。

しばらくするとお母さんがぼくを2階の部屋に案内してくれた。でもそこはどう見ても、アンヌ・マリーの部屋だった。壁紙も天井もピンクに統一され、ベッドにはピンクの枕とブルーの枕が仲良く並んでいた。お母さんは笑顔でおやすみと言うと、部屋を出て行った。

ぼくは奥のバスルームで顔を洗うと、パンツ一枚になり、ベッドに潜り込んだ。

アンヌ・マリーは今夜どこで寝るのだろう……そんなことを考えていると、彼女が入って来て、ぼくの目の前で裸になり、隣に体を滑り込ませた。そしてしばらくのキスと抱擁と見つめ合いのあと、彼女はベッドサイド・テーブルの引き出しからコンドームを取り出し、ぼくにくれた。

高校3年生の女の子と、彼女の実家の、彼女の部屋の、彼女のベッドで、彼女の両親公認のセックスをするのは、今までの人生で初めての経験だった。

翌朝、ぼくたちは一緒にシャワーを浴び、歯を磨き、服を着ると下のダイニングルームへと降りて行った。そこでは彼女の両親が笑顔でぼくたちを迎えてくれた。

「おはよう!」「良く眠れたかい?」

ぼくはそのとき、スウェーデンのフリーセックスの奥の深さに、心の底から敬服した。

All journeys have secret destinations
of which the traveler is unaware.

Martin Buber

全ての旅には
旅人が知らない
秘密の目的がいくつかある。

マルティン・ブーバー

15 クロスロード

イランの首都、テヘランの北西にカヴィール砂漠からのびる荒野が広がっている。ぼくはこの荒野をローカルの乗り合いバスで横断した。1967年、初めて海外へ渡り、ロシア、北欧、ヨーロッパ、トルコと旅し、最終的にはインドへと向かっていたときのことだ。

バスはいつその場で分解して鉄屑になってしまってもおかしくないようなポンコツで、中は信じられないぐらい混み合っていた。ぼくは何とかいちばん後ろの席に座ったが、車内には人間の他に山羊や豚や鶏までいて、ブーブーメーメー鳴いている。ぼくの左の膝にはカラフルな民族衣装を着たおばさん、右の膝には鼻の異様にデカイおっさんが座っている。

それにしてもすごいところだ。

辺りは360度、土と砂と砂利が入り交じった火星のような地形。その中を穴だらけのアスファルトの道が走り、バスは四六時中ガタガタと揺れている。クーラーがないので窓は開けっぱなしで、そこから砂ぼこりが容赦なく吹き込んで来る。でも、人々はこれにひるむことなく、パンを食べたり、歌を歌ったりしている。

バスはときおり、何もない荒野の真ん中で停まり、乗客を降ろしていく。降りた人々は荷物を背負って埃の中をどこへともなく歩いていく。たまに土色でできた家々が並ぶ粗末な村が見えるが、このような村に彼らは向かっているのだろう。

バスがいくぶん空いたころ、前の方の席にもの凄く可愛い女の子がひとりで座っているのが見えた。年は17歳か18歳ぐらいだろうか。髪は長く、金髪に近い色をしている。目がぱっちりとした、エキゾチックな顔立ちの美人だ。彼女から目が離せなくなった。

しばらくすると、彼女もぼくの視線に気がついたみたいで、ときおり振り返り、はにかんだ微笑みを投げかけてくれる。

ぼくは勇気を振り絞り、席を立つと通路を歩いて彼女のところまで行き、隣に座った。

「Ｈｉ！」とぼくが言うと、彼女も「Ｈｉ」と言って微笑んでくれた。間近で見る彼女は思った以上に美しかった。瞳は透き通るような薄いブルーで、プリッとした唇は薄ピンク色だ。

ぼくは日本人で、19歳で、名前はロバートだとジェスチャーで何とか伝える。彼女は17歳で、次の次の村に住んでいて、名前はアレサンドリアだと教えてくれた。

それからは夢のような時間が流れていった。

言葉が通じなくても恋に落ちることはできるのだ。ぼくたちは彼女が読んでいた時代後れのティーンエイジャー向けのファッション誌のページを一緒にめくり、何でもないことに笑い、ときおり同じタイミングでお互いの目を見つめ合い、すぐに照れて顔を赤くし、それを指摘し合って大声で笑ったりした。そのうち、ぼくたちは彼女の膝に掛けてあったショールの下で手を握り合っていた。死にそうなぐらい、幸せだった。

2時間ほど経っただろうか。荒野の真ん中でまたバスが停まると、彼女が荷物を持って立ち上がり、私はここで降りる、一緒に来てほしい、という仕草をして、荒野の向こうを指さした。そこに目をやると、遥か彼方、土でできた家々が連なる村のようなものが陽炎の中で揺れている。彼女の村なのだ。

「来て……！」彼女は真剣な目でぼくに訴えかけ、袖を軽く引っ張る。

「そうだ、行くんだ！　この瞬間を逃すな！」とぼくの心は叫んだが、結局は行かなかった。旅のスケジュールとか、大学への進学とか、親とか、そういった現実が脳裏をかすめ、彼女が投げて寄こした運命の糸を断ち切ってしまったのだ。

バスが走り出し、彼女の姿は荒野の土埃の中にゆっくりと消えて行った。

ぼくは自分が今までしてきたことに対して、後悔をしないようにしているが、あのときのことを思うと、少しだけ後悔する。自分の心の声に従わなかったからだ。

もし従っていたら、あの娘と結婚して、たくさんの子供を作り、今ごろ、あの村の村長ぐらいにはなっていたかもしれない。

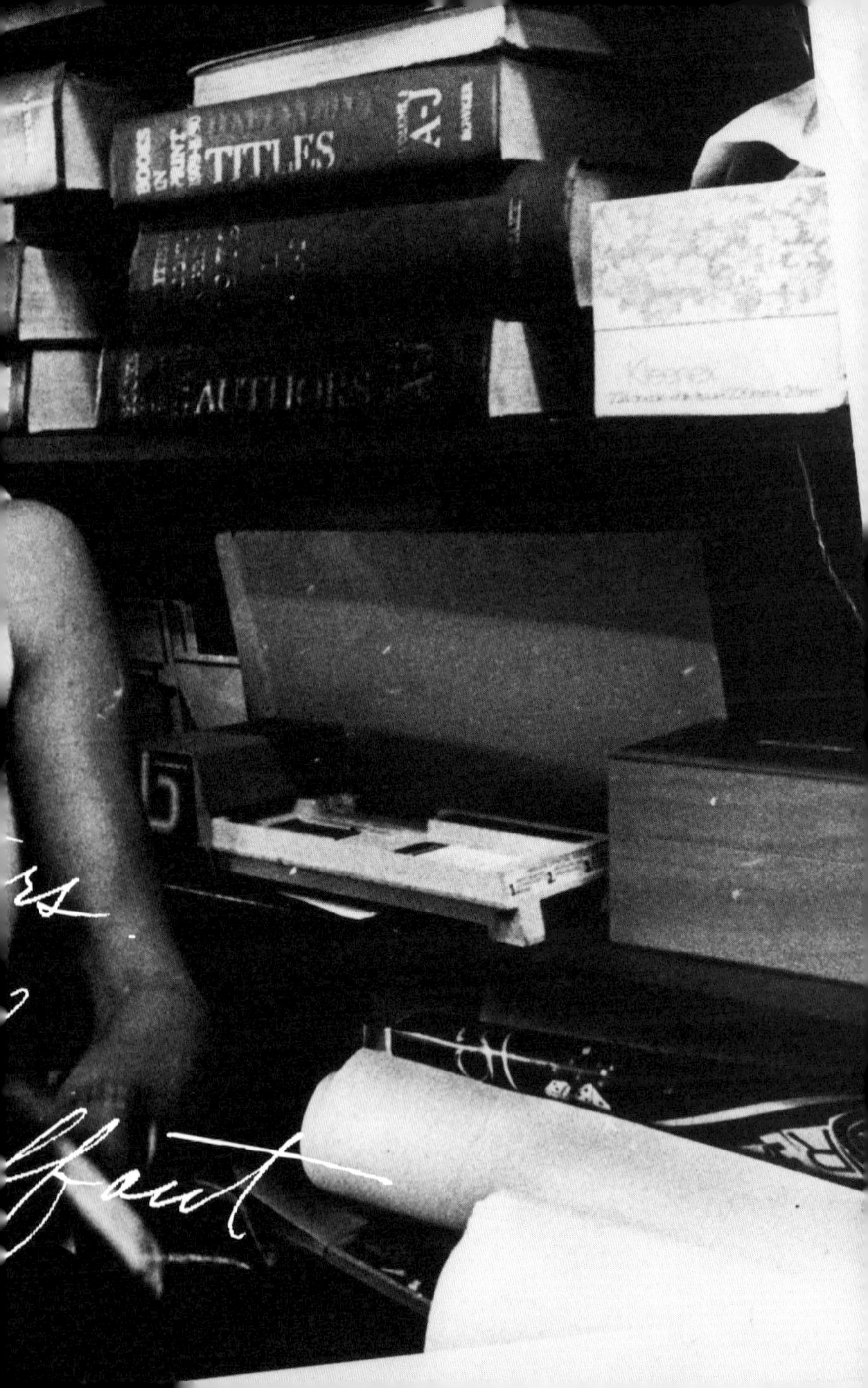
TITLES
AUTHORS

Take it
Men are
François

恋愛では女はプロで、
男はアマチュアさ。

フランソワ・トリュフォー

In love, women are professionals,
men are amateurs.

François Truffaut

16 初恋

ぼくの初恋の女性はタミーという、アメリカ人と日本人のハーフの女の子だった。

彼女は東京の調布にあるアメリカン・スクール・イン・ジャパン（ＡＳＩＪ）の高校1年生で、ぼくは彼女とその学校のダンスパーティーで出会った。

ワトゥスィーとかモンキーとかジャークと言ったダンスが流行っていたころだ。ダンスフロアを見渡すと、ショート・ヘアで超ミニスカートの女の子が目に飛び込んできた。誰よりもダンスが上手く、ときおりお尻をクイッと突き出す仕草がメチャクチャ可愛かった。それがタミーだった。ぼくはさっそく彼女のところへ行き、ダンスに誘った。

「あなた、横浜のセント・ジョセフ校のボビー・ハリスでしょ」彼女が言った。

「なんでおれのこと知ってるの？」

「友達に聞いたの。あのニューボーイ、誰って」

ぼくたちはすぐ仲良くなり、その晩は彼女を東中野にある家まで送っていき、門の前で何回もキスをした。

　そのころのぼくはもう童貞ではなかったし、女の子にも結構モテた。年上のSの女の子に調教されたおかげで、セックスにもまあまあ自信があった。でも、真剣に恋に落ちたことはなかった。タミーと付き合いだしたころも、ぼくはクールで、彼女の方がぼくに熱を上げていたように思う。

　でも、形勢はすぐに逆転した。恋のゲーム、恋の駆け引きにおいて、彼女はプロで、ぼくはまったくのアマチュアだったのだ。

　ゲームは早いうちから始まった。彼女はぼくに首ったけ、といった感じでベタベタしていたかと思うと、急にクールになり、心はうわの空、といった体を装う。心配になってどうしたのかと聞くと、もっと冷たくなる。ぼくが落ち込んで静かになると、急にまた優しくなって、甘え始める。ようするに、揺さぶりを掛けてくるのだ。

　何が起こっているのかわからないぼくはどんどん不安になっていった。自分に自信もなくなった。そして気がつくと、彼女の手の内で転がされていた。彼女にメロメロになっていたのだ。

　こんな感じでぼくは弱っていったのだが、そんなぼくに追い撃ちを掛けるように、今度は前に付き合っていたボーイフレンドの話をするようになった。ヴィンスというイタリア人と日本人のカッコいいハーフの男で、彼のことがまだ好きで、学校で彼を見かけるとドキドキしてしまう。どうしていいのかわからない、と言うのだ。

　言うまでもなく、ぼくはどんどん狂っていった。一緒にいないと死ぬほど寂しいし、一緒にいても寂しいときが多々あった。ヴィンスの話をちょっとでもされると嫉妬で頭がおかしくなりそうになった。夜、リビングで両親に聞こえないように毛布を被っては彼女に電話し、「愛している」と言ってくれるまで何時間も話をした。

もちろん、ぼくが狂えば狂うほど、彼女は醒めていった。態度が目に見えて冷たくなり、キスを全然してくれなくなったり、映画館で手を握ってくれないときもあった。学校へ会いに行くと、ぼくの目の前でヴィンスに熱い視線を送ったりもするようになった。

学校を早退して、1時間半以上かけて彼女の学校に行くようになった。ヴィンスに彼女を奪われてしまうのではないかと、不安で仕方がなかったのだ。

「学校を早退してまで会いに来ないで」と言われると、今度は黙って学校へ行き、隠れて彼女を監視するようになった。ようするに、ストーカーである。

何だかんだあり、ぼくはとうとう横浜の学校から彼女のアメリカン・スクールへ転校することになった。同じ学校にいれば、彼女の気持ちをまたぼくに向かせることができるかもしれないと思ったのだ。

浅はかな考えだった。転校した初日、ぼくは彼女に振られた。

今でもデビー・レイノルズの「タミー」という曲を聴くと、胸が少し苦しくなる。

ハートは
破られるために
できているのさ。

オスカー・ワイルド

The heart was made to be broken.
Oscar Wilde

17 ハート・オブ・ストーン

人は失恋したとき、どうすればいいのか？　こういう質問をよくされるけど、答えはひとつしかない。どうするもこうするも、ただ悲しみに暮れるだけだ。

ぼくが初めて失恋したのは初恋の女性、タミーに振られたとき。18歳のときだ。

彼女の学校に転校したその日、図書室に呼び出され「あなたとはもう一緒にいたくないの。別れましょ」とキッパリ言われた。

なんとなくこんな展開になるかもしれない、とは思っていたが、やはりショックだった。頭の中が真っ白になって、何も言えなかった。彼女が去っていくのをただ黙って見ていた。

そのあと、どうやって午後の授業に出席し、家に帰ったのか、まったく憶えていない。憶えているのはその晩、自分の部屋でひとりボーッとしていると、大粒の涙がポロポロとこぼれ落ちてきたことだ。苦しいとか悲しいとか感じる前に、ただ涙が溢れ出してきたのだ。

本当に苦しくなったのはそのあとだ。毎日毎日、死ぬほど悲しかった。真っ暗な宇宙にたったひとり、取り残されたような気がした。彼女が恋しくて、胸が張り裂けそうだった。学校へ行くのがいやで仕方がなかった。できるだけ彼女を見ないように努め、放課後は逃げるように家に帰った。でも帰っても何をしたらいいのかわからず、ひとり、近くの商店街や横浜駅の周辺をトボトボとほっつき歩いた。

ある晩、友達と酒を浴びるように飲み、ヤスベエという親しい女の子の肩を借りて泣きに泣いた。わんわんわんわん、これ以上泣けないんじゃないかと思うほど泣いた。

今、あのときのことを振り返ると、泣いている自分が愛しく感じられる。よくあそこまで自分の気持ちに素直になれたなと感心するのだ。

でも、当時のぼくはそうは思わなかった。メソメソしている自分がいやだった。男としてカッコ悪いと思った。そして、どうやったのかは憶えていないが、悲しむ気持ちを断ち切った。心を閉ざしたのだ。

それからのぼくのテーマソングはローリング・ストーンズの「ハート・オブ・ストーン」になった。ハート・オブ・ストーン……つまり、石のハート。もう、絶対に悲しまないし、誰にも心を開かない。そう自分に誓ったのだ。

それから2年近く、このスタンスを貫いた。この間、ガールフレンドも4人ほどできたが、彼女たちには完全に心を開くことはなかった。どんなに好きになっても、恋には落ちるものか、と自分に言い聞かせていた。恋に落ちて、少しでも本心を見せたら、また振られてしまうと思ったのだ。

だからぼくは常にクールに、気持ちを一歩引いたところで彼女たちと付き合った。

今振り返ってみると、アホな奴だなと思う。

たしかにタミーとのときは初恋ということもあって、ぼくは何の制御も遠慮もなしに、自分の気持ちを彼女にぶちまけ過ぎた。これでは、恋の押し売りだ。嫌われるわけだ。

でも、タミーも変な女の子だった。あんなにぼくの気持ちを揺さぶる必要はなかったし、ぼくと付き合っていながら、元カレに想いを寄せ続けるのもどうかなと思う。

彼女と比べると、そのあと付き合った女の子たちはみな素直で、性格の良い子たちだった。彼女たちにはもっと素直に自分の気持ちを伝え、心をオープンにしてあげれば良かったのにと思う。ハート・オブ・ストーンなんて、ただの負け犬の強がりだ。

だから、失恋に関してぼくが言えるのは、悲しいのは当然なのだから、できるだけそれを素直に感じて、悲しむことだということだ。時間が経てば、必ず立ち直る。

そしてもうひとつ、辛い思いをしたからといって、反動で心を閉ざしたりしないことだ。

ぼくが未だにタミーへの想いを少し引きずっているのは、あのとき、悲しみを途中で断ち切ってしまったからだと思う。

But
some secrets
are
too delicious
not to share.
Suzanne
Collins

でも、分かち合わずにはいられないぐらい
美味しい秘密ってあるのよね。
スーザン・コリンズ

18 女子トイレ

初めてタバコを吸ったのは13歳ぐらいのときだったと思う。

カッコいいと思って始めたのだが、だんだんタバコの味が好きになってしまった。中学、高校と吸い続けていくうちに量も増え、調布のアメリカン・スクール・イン・ジャパン（ＡＳＩＪ）に転校したころにはかなりのヘビースモーカーになっていた。当然、ニコチンが切れると苦しい。でも、もちろん学校では吸えない。

いや、ＡＳＩＪはびっくりするぐらいリベラルな学校で、校庭の端にシニア・クラス（高校3年生）のためのクラブ・ハウスというものがあり、そこには教師も入っていかないことになっていた。だからそこで3年生たちはタバコを吸ったり、キスやペッティングをしたりしていた。日本の学校では考えられないことだが、当時のアメリカン・スクールではこういうことがまかり通っていたのだ。

でも、転校したとき、ぼくはまだ2年生だったので、クラブ・ハウスには入れない身分だった。

仕方がないので教師に見つからないでタバコを吸える場所を色々と探して歩いた。体育館の奥にスポーツ用具の物置があり、そこでは電気をつけさえしなければタバコを吸うことができた。でも、真っ暗闇の中で吸うタバコはぜんぜん美味しくなかった。やはり煙が見えないとダメなのだ。

校庭の隅に植木が繁っている場所があって、その後ろに隠れて吸うこともできたが、その辺りには生徒や先生たちが常に往来していて、見つかってしまう危険が多すぎた。

やっぱりダメか、と諦めかけていたある日、金髪のチアリーダーで、自らもヘビースモーカーのキャシーという女の子が女子トイレに招待してくれた。

学校には3つの女子トイレがあったが、1階の体育館の近くの女子トイレには教員が滅多に入って来ないので、スモーカーの女子はよくそこでタバコを吸っているということだった。そこへ誘ってくれたのだ。キャシーは別にぼくに特別な興味があったわけではない。ただ、同じヘビースモーカーのよしみで誘ってくれたのだ。

さっそく昼休み、女子トイレに行ってみた。キャシーとチアリーダー仲間のモニカが入口で待っていてくれた。ぼくたちは3人でブースに入ると便器の上になんとかみんなで座り、タバコを吸い始めた。

キャシーもモニカもチアリーダーだけあって、よく整った、とても美しい顔をしている。そう、ふたりとも俗に言うオール・アメリカン・ビューティだ。そんな彼女たちと狭いトイレブースの密室で体を寄せ合って吸うタバコの味は格別だった。

するとそこへ数人の女の子たちが入って来て用を足したり、鏡の前で髪を整えたり、メークをチェックしたりし始めたようだ。ぼくたち3人は声を殺してタバコを吸い続けたが、そこで耳に入ってきた会話は凄いものだった。

「それで、どうだったの、ピーターとは?」「全然ダメ」「どうして?」「あいつ、キスは上手いんだけど、セックスはヘタクソなの」「ふーん、そうなんだ?」「ペニスも小さいし」「ウソ!」「ホント。足の親指ぐらいしかないのよ」

するとそこに3人目の女子がブースから出て来て会話に加わった。

「ええっ? 足の親指? ウソでしょ?」「ホントだって。いくら咥えてあげても、それ以上大きくならなかったんだから」「いやだ!」「最悪!」「うえーっ!」

キャシーとモニカは必死に笑いをこらえながらこのやりとりを聞いていたが、ぼくはどこを見ていいんだかわからなくなった。外にいるフェラチオ女が誰なのかすぐにわかったし、ピーターはぼくのクラスメートだった。

「女の子ってさ、トイレでよくああいうこと話すの?」あとでキャシーに聞くと、

「うん、話すよ」という返事が帰って来た。

ぼくは2度と女子トイレでタバコを吸わなかったし、しばらくの間は女性不信に陥った。

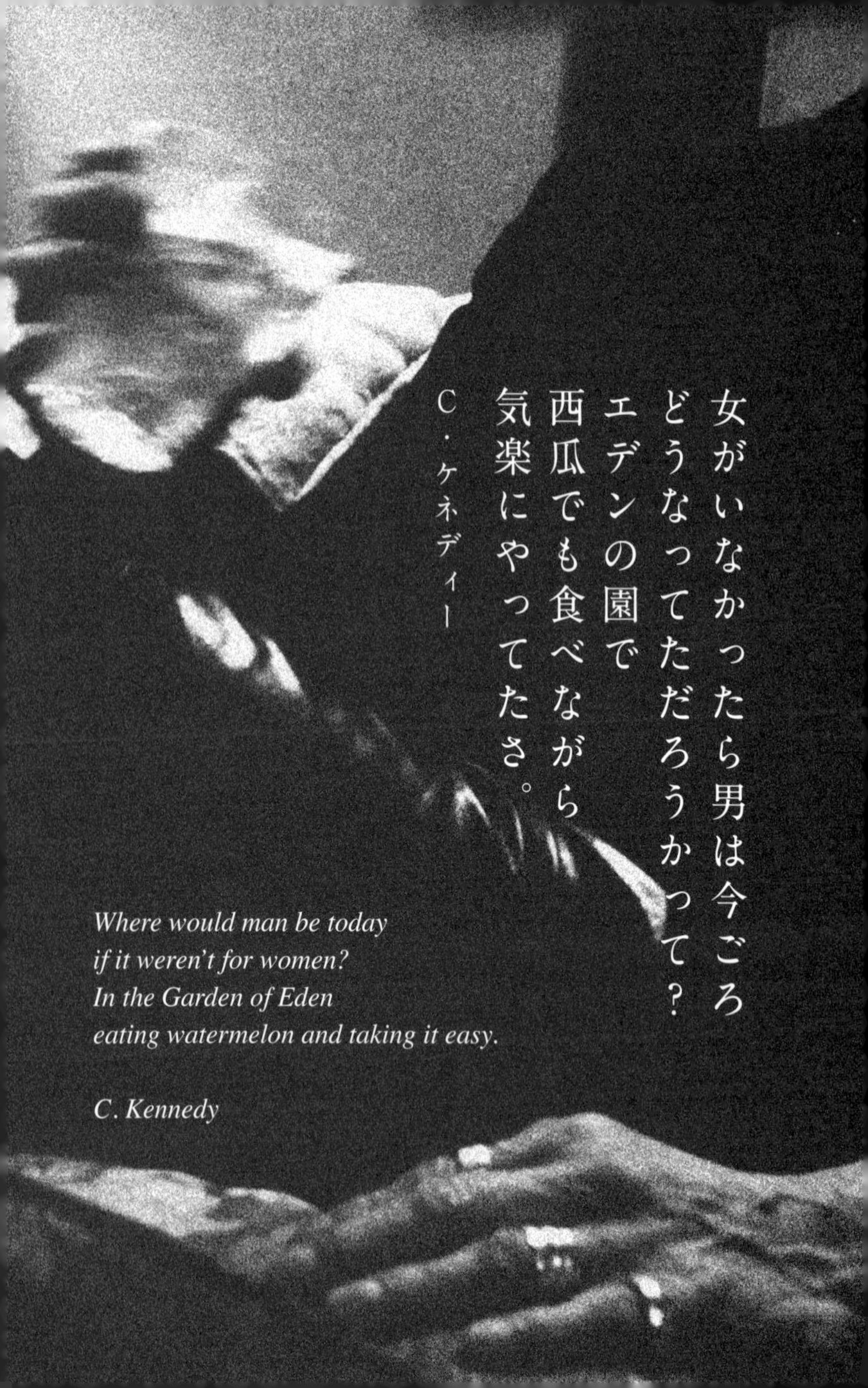

女がいなかったら男は今ごろ
どうなってただろうかって？
エデンの園で
西瓜でも食べながら
気楽にやってたさ。

C・ケネディー

Where would man be today
if it weren't for women?
In the Garden of Eden
eating watermelon and taking it easy.

C. Kennedy

19 ハンバーガー・インの戦い

調布のアメリカン・スクール・イン・ジャパン（ＡＳＩＪ）に転校してしばらくして、アマンダという1学年上の高校3年の女の子と付き合った。

背の高い、大きな目とそばかすが印象的なブルネットの女の子で、その年、卒業生が決めるミス・キャンパスの投票で彼女はキャンパス・クイーンに選ばれた。

当時、高校2年生だったぼくはちょっとした不良で、金曜日には六本木のザ・ハンバーガー・インで仲間と飲んだくれ、何でもないことで殴り合いの喧嘩をしたりしていた。なぜあんなに喧嘩をしたのか、今でもよくわからない。

そんな中、学年も終わりを迎え、卒業式の行事のあと、卒業生のためのダンスパーティー、いわゆるハイスクール・プロムが都内の某ホテルで開催された。

キャンパス・クイーンに選ばれたアマンダは色々なイベントに駆り出され、プロムでも校長とダンスをしたり、スポーツ選手に表彰状を渡したりと、忙しそうにしていた。

1学年下のぼくも彼女のエスコートとしてパーティーに出席し、ロックバンドの演奏に乗って踊ったり、トイレに隠れて先輩たちと酒を飲んだりタバコを吸ったりした。

プロムのあと、卒業生の家のパーティーへ行ってひと騒ぎし、それが終わると悪ガキ仲間たちと六本木のハンバーガー・インへなだれこんだのだが、この辺りからアマンダの様子がおかしくなった。

翌日、両親とともにアメリカに帰ることになっていた彼女は、卒業式のときからぼくや友達と別れるのが辛いと嘆いていたが、キャンパス・クイーンとしての役目から解放され、酒が入るといよいよウェットになり、ハンバーガー・インのテーブルに着くやいなや泣き始めた。ぼくは彼女の肩に腕を回し、背中をさすったり甘い言葉をかけたりして介抱したが、彼女は一向に泣き止まなかった。

そうこうしているうちにぼくの隣に3人のアメリカ人が座り、ビールを飲み始めた。3人とも目だけがギラつき、何かにとりつかれたような顔をしていたが、彼らの話をそれとなく聞いているうちにその理由がわかった。彼らは同じ部隊に所属するアメリカの海兵隊で、昨日まで、ベトナムのどこかの丘を巡る熾烈な攻防戦に加わっていたのだ。彼らはボソボソとした口調で仲間の誰それが死んだとか、誰それが両足を失っただとか、無茶な突撃を命じた小隊長を殺してやりたいだとか、物騒な話をしている。

静かに泣き続けるアマンダの介抱と、海兵隊の血生臭い話に疲れたぼくは、仲間のいるカウンターへ行き、しばらく彼らとワイワイやりながらビールを飲んだ。

10分ほど経っただろうか。友達のひとりがアマンダの方を指さし、「おい、お前の彼女、あんなことしてるぞ」と言った。

見ると、さっきまで泣いていたアマンダが海兵隊のひとりとディープキスをしている。これには傷つくというよりは呆れたが、仲間の手前、放っておくわけにはいかない。アマンダもアマンダだが、海兵隊の奴は公衆の面前でぼくの女に手を出したのだ。男には腹を括らなければならないときがある。ぼくは生ビールの大ジョッキをオーダーすると、それを持って彼らのところへ行き、ふたりの頭の上からそれをぶっかけた。

さすがは現役の海兵隊。男の動きは早かった。彼がぼくに向かって跳び上がったのは見えたが、すぐに辺りが真っ暗になり、尻に強烈な衝撃が走った。彼のパンチを受けて尻餅をついたのだ。

誰かがぼくの胸ぐらを摑んで立たせたので、思い切りぶん殴ってやったが、それは別の海兵隊だった。そのあとはぼくの友人も加わり、椅子は投げるわ、ジョッキは飛び交うわの大乱闘となり、結局そこにいた全員が店を放り出された。

翌日、アマンダと彼女の家族を羽田に送りに行った帰り、ハンバーガー・インに謝りに行った。するとそこに昨夜の海兵隊の3人組がいた。ぼくと同じように、彼らの目の回りには大きな青あざができていた。ぼくたちはそれを指さして大笑いし、仲直りの握手をした。そしてそれから4人で、朝まで和やかにビールを飲んだ。

I'm a man of simple tastes.
I'm always satisfied with the best.

Oscar Wilde

ぼくの好みはいたって質素なものさ。
常に最高のものに満足するんだ。
オスカー・ワイルド

20 ハウスシェア

ぼくがシドニーの大きな書店、アンガス・アンド・ロバートソンに勤めていたころ、ダウンタウンからシドニー・ハーバー・ブリッジを渡ってすぐのところにあるミルソンズ・ポイントという住宅地に3人の女性とハウスシェアしていたことがある。それはまさに、ワインと音楽と薔薇の日々だった。

最近でこそ日本でもシェアハウスのシステムが紹介されるようになったが、オーストラリアでは昔から、若者が実家を出たら他の若者たちと家やアパートをシェアして暮らすのが習わしとなっている。小さなところにひとりで暮らすよりは大きな一軒家やテラスハウスを複数の人間とシェアしたほうが快適だし、家賃だって節約できる。

シェアハウスの見つけ方はシンプルで、友達のシェアハウスの一員になる人間もいれば、新聞に掲載されているシェアハウス情報欄をチェックして、適当なシェアハウスを選ぶ場合もある。

とはいってもどこへでも簡単に入れるわけではなく、大学生しか受け入れないハウスもあれば、女性やゲイやレズビアンやベジタリアンやヴィーガンやノンスモーカーだけのハウスもある。メンバー一同による面接をパスするのが必須条件のところも多い。また、シェアハウスによってシステムも様々で、食材を一緒に買って当番制で料理を作るところもあれば、個人個人、別々に行動するところもある。

ぼくの場合は、町のダウンタウン近くに住む場所を探していたところ、書店の同僚で親友のリサが自分のシェアハウスに入れるよう、働きかけてくれたのだ。

メンバーは彼女と、レストランのマネージャーをやっているグウェンと、ニュージーランド人のアーティストのマイラ。3人とも20代半ばで、性格もよく、美人ばかり。ぼくは運に恵まれた男だ。

家は閑静な住宅地の中ほどに建つ、2階建ての古いテラスハウス。ところどころにガタがきて、すき間風が入って来るが、庭は広いし、リビングルームには大きな暖炉もある。キッチンもリビングもスペーシャスで、この家ではよくパーティーを開いたが、40人は楽に入った。

リビングの内装はアーティストのマイラが担当しただけあってとてもシックでお洒落。至るところに花が飾られてあって、家の中はいつも、花の甘い香りが漂っていた。

キッチンは料理が得意なグウェンが仕切っていて、ここはまるでイタリアの民家の厨房のような居心地のよいスペースだった。ぼくたちは大きな木のテーブルを囲んで食事をしたり本を読んだり雑談をしたりと、多くの時間をここで過ごした。

ぼくは2階の6畳ぐらいの部屋に落ち着き、カーペットを敷き、低いちゃぶ台のようなテーブルを置き、庭を見下ろす窓の下に寝具用のマットを配置し、質素な和式調の部屋にした。ぼくにとっては生まれて初めての、自分がデザインした、自分だけの部屋だった。

ぼくはここで1年ほど暮らしたが、快適な毎日だった。

ダウンタウンの書店のフロア・マネージャーだったぼくは夕方の6時ごろ、電車に乗って家に帰って来る。家ではすでに、女性陣がおしゃべりをしながら仲良く夕食の準備をしている。ぼくは庭の花や木々に水をやり、テーブルに食器やカトラリーを並べる。夕食は4人だけのときもあれば、グウェンやマイラのボーイフレンドが加わることもあった。料理はいつも驚くほど美味しかったし、キッチンは常に笑いに満ちていた。

食後はリビングに移り、当時流行っていたコモドアーズの「イージー」やマンハッタン・トランスファーの「ウォーク・イン・ラヴ」やアバの「テイク・ア・チャンス」に乗ってみんなでダンスした。

週末には友人たちを呼んでパーティーを開いたり、近くのシェアハウスのパーティーへみんなで遊びに行ったりした。

ぼくは今まで、7回のハウスシェアも含めて、色々なところで色々な人間と暮らしてきたが、楽しさのレベルで言うと、このときの生活は間違いなく、トップ3に入る。

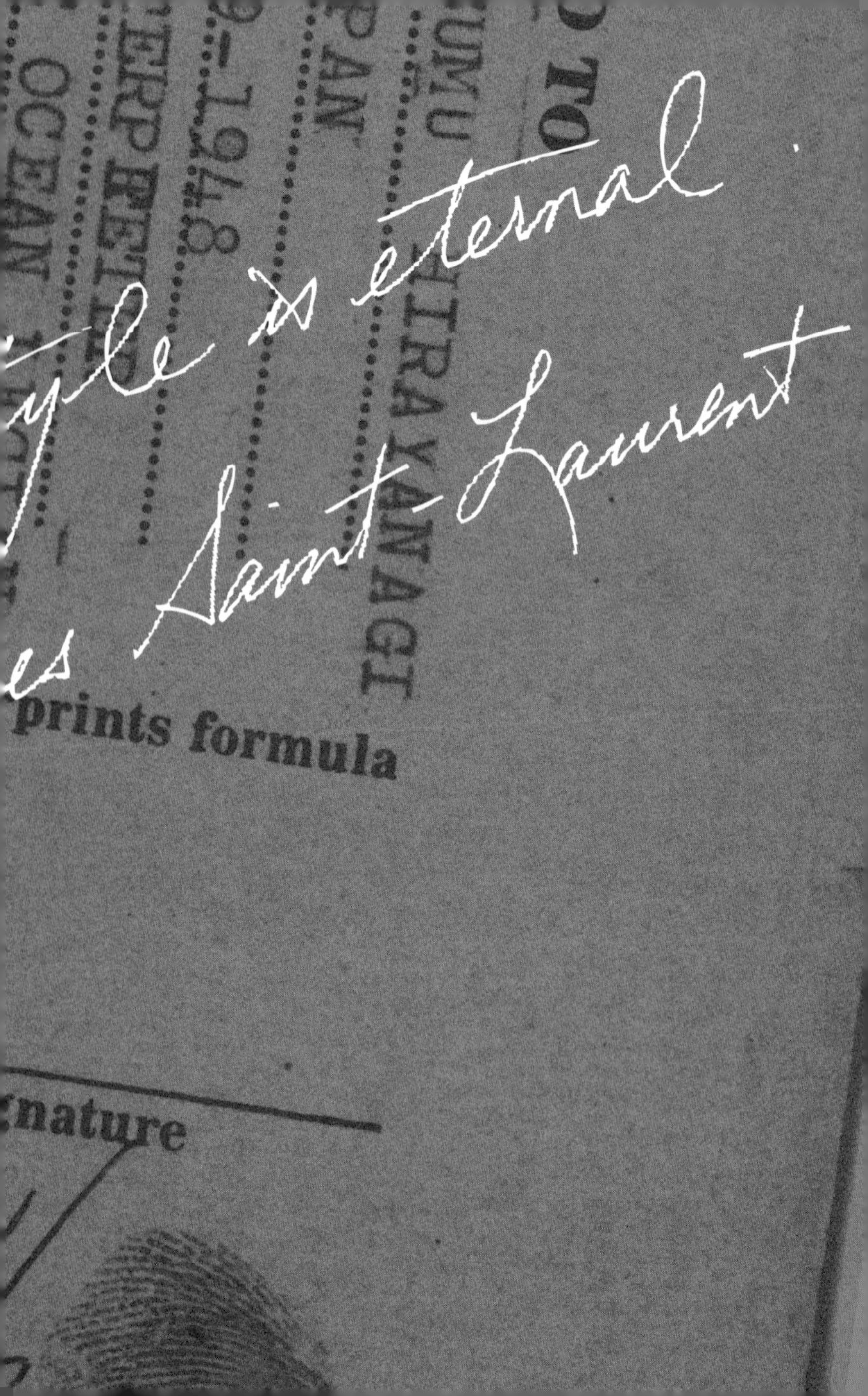
yle is eternal.
es Saint-Laurent
prints formula
nature

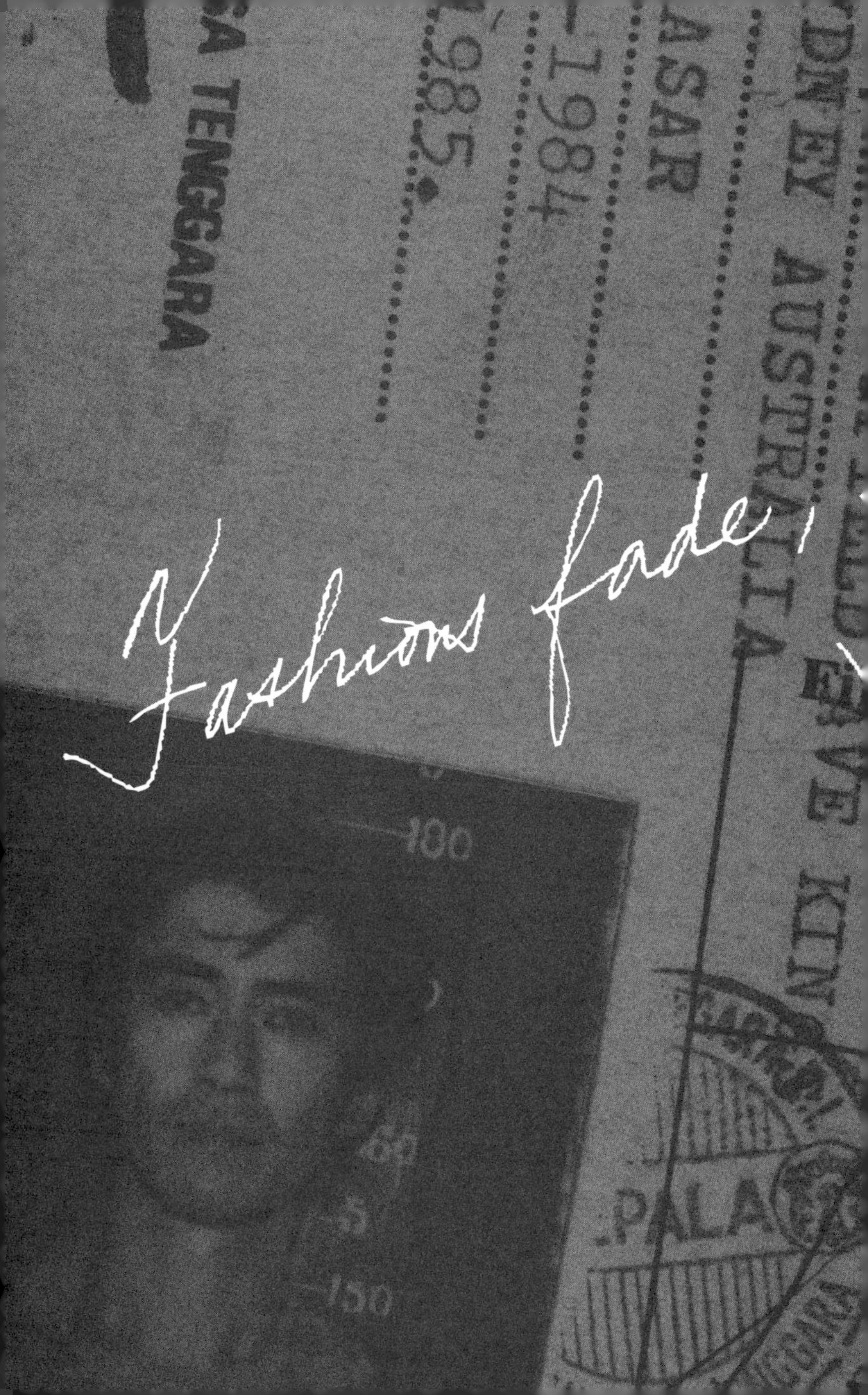
Fashions fade,

ファッションは
消え去るけど、
スタイルは永遠さ。

イヴ・サン＝ローラン

Fashions fade, style is eternal.
Yves Saint-Laurent

21 スタイル

自分が今まで好んで着てきた服を検証してみると、実に様々な流行に身を染めてきたんだなと、我ながら感心する。

ファッションというものに初めて興味を持ったのは、中学生のころ。当時はVANジャケットが提唱するアイビー・ルック（アメリカの名門私立大学のトラッドなファッション）が流行で、ぼくもボタンダウンのシャツやラコステのポロシャツの上に三つボタンのブレザーや腕のところにラインが入ったカーディガンを着込み、ズボンはコットンパンツ、靴はコイン・ローファーといったスタイルで、横浜の元町あたりを闊歩していた。このころは髪は七三分けで、寝癖でよく後ろの方が立っていた。

60年代も中頃になるとビートルズやローリング・ストーンズなど、ブリティッシュ・ロックの旋風が吹き荒れ、それに合わせてぼくたち若者のファッションも保守的なアイビー・ルックからタイトなブルーやブラック・ジーンズ、ヘインズのTシャツに皮ジャンやスカジャン、底に鋲の付いた黒のブーツといった、不良っぽいファッションに変わった。髪も七三分けを止め、リーゼントにする奴もいたし、ビートルズのオカッパ頭にする奴もいたが、ほとんどの若者はただボサボサと耳を覆い隠す程度に伸ばしていた。

高校2年から3年にかけて、ボブ・ディランに熱を上げていたぼくは彼の真似をしてルーズなジーンズかコーデュロイのパンツ、長いコーデュロイのジャケットを着て、猫背の摺足で歩いていた。猫背や摺足まで真似することはなかったが、当時のぼくは何かにつけてはまるタイプだった。

大学生になるとディスコに行ったり夜の六本木や赤坂で遊ぶようになり、このころは黒のタートルネックのシャツの上に細身の三つボタンのモッズ・スーツを着たり、アラン・ドロンを真似て、白のYシャツにジーンズ、Yシャツの上にピンクやブルーや赤のセーターを引っかけ、スリーヴを前で結んだりしていた。

でも、アメリカに留学して『イージー・ライダー』を観てからはこのようなブルジョワ的な着こなしは一切止め、何年もヒッピースタイル一筋で過ごすこととなった。ルーズなコットンやチーズクロスのシャツ（ペイズリーや花模様のものが多かった）、崖から落ちたらパラシュートになるぐらい広いフレアなベルボトムのパンツ、インドのベスト、タイダイのTシャツ、バンダナ、ヘッドバンド、皮のサンダル、裸足……こんな格好を何年も貫き通した。今振り返れば凄いなと思う。髪も肩の下あたりまで伸ばしていたことがあるし、口髭やあご髭も生やした。

ファッションがいちばん過激だったのはシドニーでブックショップを経営していたころ。パーティーパーソンだったぼくは肩まで伸ばした髪の一部を編んでその先にビーズを垂らし、目の下にコールで黒いアイラインを引き、日本で買った法被やバリ島で購入したカラフルなベストを着てその下は裸（当時は腹がボコボコに割れていたので様になった）、タイトなビニールの素材でできたパンツに赤やブルーのブーツという、まるで孔雀のような派手な格好をしていた。日本の博徒が好んだダボシャツや、明治時代の書生が着た長い二重まわしマントなども好んで着ていた。いったい何を考えていたんだろう。当時を振り返るとかなり恥ずかしい気持ちになる。

この奇妙なファッションからぼくを解放してくれたのは、妻のリコである。

帰国したころ、ぼくはまだ派手なアロハシャツ、モンペのようなパンツ、バリ島のバティック生地のベストやスーツ、小さな鏡の付いたインドの丸い帽子といった、変てこなファッションを好んでいたのだが、そんなぼくに「あのね、東京ではもう少し違うものを着た方がいいよ」と言って、セレクトショップで東京に合ったスマートな服を色々と選んでくれたのだ。

そんなわけで今のTシャツにジーンズ、ジャケットというぼくのお気に入りのシンプルなスタイルは全て、奥さんのおかげです。感謝してます。

男のキスは
彼の署名よ。

メイ・ウエスト

A man's kiss is his signature.
Mae West

22

ファースト・キス

男にとって、好きな女性とのファースト・キスをゲットするのは、大きな関門のひとつである。

今まで経験したファースト・キスの数々を思い返してみると、様々なシチュエーションが頭に浮かんでくる。

話の途中、なんとはなしに目と目が合い、数秒の沈黙のあと、ゆっくりと顔が近づき、自然と交わされたキス。これこそ理想的なファースト・キスである。

チークダンス（古いですね）の最中、頬づたいに唇が近づき、踊りながらぎごちなく交わされたキス。これも悪くはない。

歩きながら、手と手が触れ、握り合い、それを合図に立ち止まり、ぶつかるように唇が合わさったキス。

長い躊躇のすえ、「ねえ、キスしていい？」と素直に尋ね、何とか勝ち取ったキス。

このように、比較的楽にありついたキスもあれば、苦労のすえ、やっと勝ち得たキスもある。そしてもちろん、「なに勘違いしているの」という顔で拒否されたキスも山ほどある。

もう何年も男をやっているが、ファースト・キスを確実にモノにする方程式は未だに見出せていない。いや、はっきり言ってそんなものは始めから存在しないのだと思う。なぜならこれには相手の気持ち、その場のムード、タイミング、運など、不確定要素が多すぎるからだ。

こんなことがあった。

シドニーでブックショップを経営していたころ、インテリで美しい、ドイツ系のオーストラリア人のリンデルという女性と芝居を観に行った。ぼくたちのファースト・デートだった。演目はサミュエル・ベケットやウジェーヌ・イヨネスコ風の不条理劇。ぼくは始めから終わりまで、この劇が何を言わんとしているのかさっぱりわからなかった。

ショーのあと、ぼくたちはイタリアン・レストランに行った。その席でリンデルは「シューシュポス神話をひとひねりした喜劇ね」とか、「ベケット以上にベケット的だったわね」などと訳のわからないことを言っている。ぼくは早く彼女とキスがしたいのだが、これではキスどころか手を握ることすらできない。まったくそういうムードになる気配がないのだ。

食事のあと、車に乗ってシドニーのザ・ギャップという、灯台のある高台までドライブした。緑の丘の縁に沿ってフェンスが設けられ、その向こうは断崖絶壁。50メートルほど下の岩場には太平洋の荒波がぶつかり、真っ白な飛沫を上げている。

ここはデート・スポットとして有名だが、同時に自殺の名所でもある。

ぼくたちは丘の上をしばらく散歩したが、キスする勇気もきっかけもまったく見出せないまま、時間だけが過ぎていった。気持ちは焦るばかり。彼女が言っていることもほとんど耳に入って来ないし、入って来てもよく意味がわからない。「早くしろよ。何躊躇してんだよ。今しかないじゃないか。キスしろよ！」自分のそんな声が頭の中で叫んでいる。

次の瞬間、気がつくとぼくはフェンスを飛び越え、崖っぷちに立っていた。そして、こんなことを言っていた。「リンデル、今キスしてくれなかったら、オレはここから飛び降りる！」

本当にとっさに出た行動だったが、効果は抜群だった。リンデルは一瞬びっくりした顔をしていたが、すぐに笑いだし、ぼくのところにやって来ると、長い長いキスをしてくれた。

でも、こういうのはとっさに出たから良いのであって、計算してやることではない。

それから1年ほど経ったある晩、同じようにムードに乗りにくい女性をザ・ギャップに連れていき、リンデルのときと同じ手を使ってみたが、彼女はぼくを崖っぷちに残したまま、笑いながらその場を去って行ってしまった。

愛のないセックスは
虚しい行為だけど、
虚しい行為としては
なかなか悪くない行為だよね。

ウディ・アレン

Sex without love is an empty experience,
but as empty experiences go,
it's a pretty good empty experience.

Woody Allen

23 オープン・リレーションシップ

シドニーでエグザイルス・ブックショップを経営していたとき、友人がやっている出版社のパーティーへ行った。

ロックバンドが演奏し、奥のダンスフロアではみんなが楽しそうに踊っている。ぼくもその輪の中に入り、汗でびっしょりになるまで踊った。喉が渇いたのでダンスフロアをあとにし、バーに向かって歩いていると、誰かにお尻を思いっきりツネられた。「痛っ！」と声を上げて振り返ると、美しい女性が悪戯そうな笑みを浮かべて立っていた。

「君は誰？」とぼくが言うと、

「あなた、エグザイルス・ブックショップのススム（ぼくがオーストラリアで使っていた日本名）でしょ。わたしはアニー。よろしくね」と言って手を差し伸べてきた。彼女はブックショップのすぐ裏のブロックに住んでいて、書店にもたまに遊びに来ていると言う。

しばらく話してみると、なかなかいい感じに息が合う。チャンスだと思い、「ねえ、ここを出てどこかへ行かない?」と誘った。すると彼女の後ろからハンサムな男がやって来て彼女の腰に腕を回し、「Ｈｉ!」とぼくに挨拶する。

「あっ、彼、わたしの主人のサイモン」と彼女。彼と握手をするが、ふたりにからかわれたのだと思い、ぼくはその場をあとにした。

翌日、アニーがブックショップにやって来て、

「昨日はごめんなさいね。本当はあなたとどこかへ行きたかったんだけど、サイモンと一緒に来ていたのでできなかったの」と言った。そしてぼくの隣に座ると、自分たちのことを話し始めた。

サイモンは弁護士で、彼女は食品衛生士。ふたりは結婚して5年目。とても仲がいいし、趣味も合うし、お互いのことは大好きだが、セックスパートナーとしては飽きがきていて、セックスもマンネリ化しつつある。だから2年前からオープン・リレーションシップを実践するようになった、という。

このオープン・リレーションシップが何かと言うと、60年代の終わりころから欧米のカップルの間で流行り出したもので、伴侶とは違う相手と夜を共にする取り決めのことだ。好きなパートナーとは一生一緒にいたいし、結婚というシステムにも賛成だが、だからといってこれから死ぬまで、たったひとりの相手としかセックスができないのは不自然だし、つまらない。だから、お互い納得の上で、違う相手とセックスしてもいいという協定を結び、週に1回とか月に1回、それを実践するのだ。

サイモンとアニーもこれをやっているのだが、サイモンにレギュラーのガールフレンドがいるのに対して、アニーは相手と別れたばかり。

「だからあなたを選んだの」と彼女は言った。

彼女とはそれから数年、セックスフレンドの関係を持った。その間、ぼくにレギュラーのガールフレンドができたりしたので、週に1回というわけにはいかなかったが、1ヶ月や2ヶ月に1回ぐらいのペースでアニーと夜を共にした。

もちろん、サイモンもこのことを知っていたし、彼は彼で良い奴だったので、ぼくたちは友達になり、ふたりのホームパーティーにも良く顔を出した。

ぼくはひとりで出席するときもあったし、女性を連れていくこともあった。これはこれでなかなかファンキーな体験だった。同じテーブルにぼくと、アニーとサイモンと、サイモンのガールフレンド、そしてぼくのガールフレンドが集い、仲良くわいわいやるのだ。

これは1980年代の初めのころの話だが、当時、アニーとサイモンのようなカップルは意外と多くいた。何事も実験の時代だったのだ。男がゲイの関係を持ったり、カップル同士が4人でメイクラブしたり、スワッピングしたりということが珍しくなかったのだ。

アニーとはそれから十数年後、彼女の息子が日本に留学していたこともあり、東京で再会し、食事を共にしたが、彼女はいつの間にか完全なレズビアンになっていた。

Well behaved women rarely make history.
Marilyn Monroe

お行儀の良い女性は滅多に歴史を創らないわ。

マリリン・モンロー

24 ママ Part 1

ぼくの母、平柳富美子はぼくだけではなく、ぼくの全ての仲間たちから〝ママ〟と呼ばれて慕われている。

大正14年生まれの母は御年88歳だが、たった3年前まで眼科の開業医をしていたツワモノである。リタイアしたら少しはスロウダウンすると思っていたが、まったくの見当違いだった。

今でも週に2、3回は医師会のミーティングや食事会に行き、医師会の会報誌の編集長を務め、絵とダンスと手品のクラスへ毎週通い、週1回は夜遅くまでマージャンに興じる。毎週火曜日にはぼくとジムに通ってバイシクルとウォーキング・マシンで汗を流し、年に3、4回は絵の個展を開き、少し前までは毎年、ジャマイカやチュニジアやトルコといったエキゾチックな国々へ友人たちと旅をしていた。

これを書いている今日も、朝はひとりでジムへ行き、昼は85歳になる妹のふーちゃんとデパートへ服を買いに行き、午後は家でアップルパイを作り、夜は居酒屋での医師会の忘年会へ行き、10時過ぎに酔っ払って帰って来た。まさに、スーパーウーマンである。

あまりにも凄いので、ぼくはみんなに彼女にはワニの血が流れているんだと触れて回っている。

母についてじっくり書いたらこの本のキャパを大幅にオーバーしてしまうので、ここでは彼女の逸話や武勇伝をいくつか紹介しようと思う。

戦時中、アメリカ軍の爆撃機から放たれた焼夷弾が母にとっては花火のように美しく見え、よく防空壕から飛び出してはそれを見物し、ぼくの祖父にえらく怒られたそうだ。

昔から空を飛ぶ夢をよく見るらしく、山を飛び越えたり、谷へ急降下したり、緑の草原を低空飛行したりと、それはそれは気持ちの良い、オールカラーの夢だそうだ。

土建会社の役員だった祖父は酒好きで女好きの親分肌の男で、同僚の息子たちを可愛がり、家に下宿させたりしていたが、母たち3姉妹にはほとんど関心を持たなかったという。母が医者を目指した大きな理由のひとつは、そんな祖父に反発し、彼を見返してやりたかったからだそうだ。

男勝りで負けん気の強い母と、気が弱く、寂しがり屋だったイギリスと日本のハーフの父J・B・ハリス。ふたりは母が21歳、父が30歳のときに出会い、1年後に結婚した。

「親父のどこが気に入ったの？」ある日、母に聞いたところ「赤いセーターを着て、ヴェスパに乗っているところがすっごくカッコ良かったのよ」と彼女は言っていた。

まだまだ日本の女性のほとんどが車を運転していないとき、母はいち早く運転免許を取った。そしてなぜかそれは大型免許だった。

彼女の最初の愛車は元はイギリスのいすゞヒルマン・ミンクスという車。生涯車を運転しなかった父は「右、危ない！」とか「前の車、気をつけて！」とよく助手席から叫んでいたが、母はそんな外野のノイズはまったく気にせず、愛車を気持ち良く飛ばしていた。

高校1年生のぼくが北海道の摩周湖の崖から落っこちて足の骨を折ったとき、母はすぐに入院先の病院へと飛んで来てくれた。と思ったが、2日経っても3日経ってもやって来ない。4日目にやっと現れた母にどこへ行ってたんだよと尋ねると、「どうせあんたは入院してるんだし、せっかくだから観光してきたの」とケロっとした顔で言った。

海外旅行が自由化してまもなく、母はひとり、アメリカへと旅立って行った。まずはハワイのオアフ島にいる友達のところに2週間ほど滞在し、そのあとはカリフォルニアの親友のところに3週間ステイし、彼女とディズニーランドやグランド・キャニオンへ行って楽しいひとときを過ごした。

カリフォルニアからの帰り、ハワイで買ったムームーを着てオアフ島でのストップオーバーに備えたが、なぜか他の乗客はみな、冬物のコートやジャケットを着込んでいる。「みんな、馬鹿じゃないの」と思いながらタラップを降りていくと、辺りは一面、雪景色。飛行機はハワイではなく、アラスカのアンカレッジにストップオーバーしたのだ。

おかげで母は鼻っ風邪をひいて帰って来た。

品格とは、己を知り、
何を言いたいかを把握し、
誰の目も気にしないことさ。

オーソン・ウェルズ

Style is knowing who you are,
what you want to say,
and not giving a damn.

Orson Welles

25 ママ Part 2

ぼくの両親はふたりとも読書が大好きで、家にはいつも本が溢れていたが、親父がレイモンド・チャンドラーやエラリー・クイーン、ハロルド・ロビンスやジェームス・M・ケインなどの探偵ものやB級アクションものが好きだったのに対し、母はゲーテやスタンダール、トルストイやヴィクトル・ユーゴーなどの古典文学を好んで読んだ。

双方から影響を受けたぼくは今でも探偵ものやパルプ・フィクションを読むし、古典も大好きだ。でも、ぼくに読書の面白さを最初に教えてくれたのは母で、まだ字が読めないときから彼女はぼくに、古典文学をマンガ化した本を買ってはプレゼントしてくれた。

弟のロニーが精神的におかしくなり、家で暴れたり自分を傷つけるようになると、親父は彼を避けるようになったが、母は精神医学の本を読み漁り、できる限り彼と一緒に時間を過ごした。ロニーと対話し、彼の狂気に付き合い、体を張って彼を理解しようと努めたのだ。

そんな最中、ぼくが日本をあとにして放浪の旅に出ると宣言すると、親父は「お前は家族を捨てて逃げるのか」と非難したが、母は「行って来なさい」と言って快くぼくを送り出してくれた。ぼく自身が精神的におかしくなっていたのを、彼女は見抜いていたみたいだ。

母が弱音を吐くのを見たのは2回だけで、それは弟のロニーと末っ子のリッキーが数年の間に相次いで亡くなったときだ。ロニーのときは長い間、涙に暮れ、リッキーのときは「もう、全てを捨てて、旅に出たいわ」と悲痛な声でぼくに言った。でも、2回とも彼女は立ち直り、以前と変わらない情熱を持って、前向きに生きていった。

何が彼女を支え、突き動かしていったのか、ぼくにはわからない。子供をふたりも失った悲しみは一生消えることはないだろうが、彼女は今でも精力的に、がむしゃらに生きている。

ぼくが『エグザイルス――すべての旅は自分へとつながっている』という自叙伝で作家デビューを果たしたとき、青山のクラブを借り切って盛大な出版記念パーティーが開かれた。

その晩はテレビも入り、発起人となってくれた著名人たちがスピーチをし、ぼくのラジオ番組にレギュラー出演していた詩人たちが詩の朗読をし、会場を埋め尽くした300人あまりの人たちはおおいに盛り上がった。

締めにはベリーダンスが用意されていて、会場が暗くなり、アラブ音楽が流れ、友人でベテランのベリーダンサーのビアンカが登場する場所にスポットライトが当てられた。でも、光の輪の中に現れたのはビアンカではなく、腰をくねらせて踊っている母だった。会場が笑いの渦に包まれる中、ビアンカが慌てて出て来て踊り始めたので事無きを得たのだが、一時はどうなることかと思った。

なんであんなことをやったのかとあとで母に聞くと「だって、踊りたくなったんだもん」と言っていた。

ぼくの家ではよく友達を呼んでパーティーを開くが、母はいつもの自分の「女帝の椅子」に座って若い連中と同じように酒を飲み、わいわい楽しそうにやっている。友達はみな母のことを〝ママ〟と呼んで慕い、恋愛の悩みを相談したり、旅の話で盛り上がったり、下ネタ話で大笑いしたりしている。母も「仲間」のひとりなのだ。

その証拠に、友人が遊びに来ても、ぼくではなく母に会いに来ていることがよくある。そんな彼女はぼくの友人のヒデと一緒にシンガポールやロタ島へ遊びに行ったり、オーストラリア時代からの親友のツカサを鞄持ちとして従え、イスタンブールへ旅をしたりしている。

そんな母ももう88歳。さすがに最近ではテレビの前でこっくり居眠りをしていることが多くなったが、それでも大好きなテニスが始まると深夜でも寝ないでテレビにかじりついている。彼女の贔屓はラファエル・ナダル選手。彼が登場すると黄色い声で応援し、勝てば大はしゃぎし、負けるとぐったりしてしまう。

ミーハーだなと思うのだが、彼が亡くなったロニーにちょっと似ているから好きなのかもしれないなと、最近思った。

おれはすべすべして、
輝いている女が好きだ。
ハードボイルドで、
罪深い女がね。

レイモンド・チャンドラー

I like smooth shiny girls,
hardboiled and loaded with sin.

Raymond Chandler

26 拳闘士

シドニーでブックショップを経営していたとき、親しい友人のひとりにオリヴァーという男がいた。フリーのフォトグラファーの彼は、ヤクザの刺青を撮りに日本へ行ったり、元インドネシアの東ティモールのゲリラ部隊に同行して、戦火を潜り抜けたりと、世界を駆け巡っていた。

彼のガールフレンドのスージーはブルネットのショートヘアがよく似合う、ボーイッシュな女の子で、ちょっと上を向いた小さな鼻がチャームポイントだった。アーティストの彼女は、上半身裸の自分をフィーチャーした自作のポストカードを名刺代わりにしていた。彼女のまん丸で形の良いおっぱいと、半身で左腕を前に突き出し、右腕を顔の横につけたローマかギリシャの拳闘士のようなポーズが、圧巻だった。

冒険好きなふたりは中東をヒッチハイクで縦断したり、半年かけて４ＷＤでオーストラリアを一周したりと、仲の良いところを見せていたが、ある日、突然、彼らは別れることになった。オリヴァーに新しい恋人ができ、彼が彼女に即プロポーズしたからだ。友達の話によると、スージーは近いうちにボンダイ・ビーチにあるふたりのフラットから出て行くということだった。

この話を聞いてから数日後、ぼくと親友のツカサはスージーに会いに行った。彼もぼくも、彼女のことがずっと好きだったのだ。

ボンダイ・ビーチの目の前にある古いテラスハウスから出て来た彼女は、思ったより元気そうだった。ぼくたちは3人で肩を組んでボンダイ・ビーチの白い砂浜を歩いたあと、ぼくとツカサがシェアしていた家に行った。

歩きながら、「今晩、泊まっていってもいい?」と彼女が聞いたので、ぼくたちはもちろんいいよと言った。ツカサとぼくのどっちを選んでくれるのか、そのときはわからなかったが、結局彼女はぼくと夜を共にしてくれた。

その晩、スージーはオリヴァーとの別れのいきさつを、淡々とベッドの中で話してくれた。涙は一滴も流さなかったし、自分の将来のことをしっかりと、現実的に見据えていた。

ぼくは彼女の話を聞きながら、なんて勇敢で、前向きで、可愛い娘なんだろうと改めて思った。そして話し終わったあと、ぼくたちはしがみつくように体を合わせ、息が上がるまでセックスをした。

ぼくはその晩、筋肉質で、ボーイッシュで、上を向いた小さな鼻がチャームポイントの彼女のことを心の底から愛した。

それから数年間、ぼくたちはステディの恋人にはならなかったが、2ヶ月とか3ヶ月に1回会っては夜を共にする関係を続けた。だいたいの場合、彼女がぼくの家にやって来て、ぼくの作ったサラダやオムレツを食べ、一緒に映画をビデオで観て、お互いのことについて語り合い、笑い、そして愛し合った。

ぼくたちのラブメイキングはスポーティーで、温かい友情に満ちていた。彼女のいちばんの性感帯はおへそで、最後におへそを指で刺激したり、舌で愛撫してあげると彼女は必ずイッた。そしてイッたあと、ぼくを後ろからがっちりと抱きしめ、足をぼくの足に絡めて眠るのが好きだった。

なぜぼくたちは一緒にならなかったのだろう？　今でもはっきりとはわからない。彼女に1回、そのことを聞いてみたが、彼女は明るい顔で「私たちって恋に落ちるには友情が強すぎるのよ。それにあなたは浮気性だし、私は浮気性の男とは付き合わないことにしているの」と言っていた。

でも、あの数年間の間、ぼくがこの女拳闘士の最も親密な友達のひとりだったことはたしかだ。それだけでもぼくは自分のことを少し誇りに思う。

どんな顔をした女性であろうと、
自信さえあれば、彼女はセクシーよ。
パリス・ヒルトン

No matter what a woman looks like,
if she's confident, she's sexy.
Paris Hilton

27 ルックス

「いいか、ボビー、結婚するんだったら美人と結婚するんだぞ」

遠い昔のある日、親父はぼくを捕まえてそんなことを言った。ぼくがまだ7、8歳のころだったと思う。

「結婚したら相手の顔を一生見ていくことになるんだ。少なくともお前が美しいと思う女性と結婚するんだ。じゃないと、一生後悔するぞ」

親父がぼくにくれた、唯一納得のいくアドバイスである。

とはいってもぼくはそれから長い間、親父の言葉を思い出すことなく、マイペースで人生を歩んでいった。元々ぼくは生まれながらの面食いだ。自分が可愛いと思った女性としか恋をしなかったし、ルックスは嫌いだけど性格は良いから……というようなシチュエーションにも遭遇しなかった。

親父の言葉を思い出したのは、最初の妻のゲイルと別れたあとのことだった。

ぼくは当時、オーストラリアのシドニーの郊外にある診療所でサイコセラピストをやりながら、森の中にあるコテージにひとりで住んでいた。妻との別れのゴタゴタも収まり、精神的にも落ち着いていた。でも、やはりひとり暮らしは寂しかった。だから毎晩のようにセラピスト仲間のところに入り浸っていた。

そんなある晩、ゲイノーという女性セラピストの家に食事に行った。

食後のワインを啜りながら、彼女はインドやパキスタンをひとりで旅したときのことを話してくれた。話を聞けば聞くほど、彼女が魅力的に見えてきた。「なんて勇敢で前向きな女性なんだろう」「顔は決してタイプじゃないけど、彼女のスマイルはとてもチャーミングだ……」そんな思いが次々と沸き上がり、彼女がどんどん美しく見えてきた。そして気がつくと、彼女にキスをし、ことに及んでいた。

翌朝、彼女の横で目を覚ましたときにはさすがにハッとした。生まれて初めて、顔がまったくタイプではない女性とできてしまったのだ。一瞬逃げようと思ったが、なぜか逃げられなかった。あれよあれよという感じでぼくたちはカップルになっていた。

思ったとおり、ゲイノーは勇敢で前向きでチャーミングな女性だった。ぼくのことも精一杯愛してくれた。一緒にいればいるほど彼女のことが好きになった。

でも、彼女のルックスだけはどうしても好きにはなれなかった。心のどこかで引っかかるのだ。また、彼女とは燃えるような恋をしてから一緒になったのではない、という思いが頭から抜けなかった。そんなことを思えば思うほど、彼女の愛が重たくなった。彼女を騙しているんではないかという気がどうしてもしてしまうのだ。

何回別れようとしたかわからない。家を飛び出したことも何度かあった。でもその都度、彼女のことが恋しくなり、シッポを振って戻って行った。

結局彼女とは2年間一緒に暮らした。

ふたりでよく旅もしたし、彼女の両親に会いに南オーストラリア州のアデレードまで車で行ったこともある。ぼくのお袋にも紹介した。でも、結局は上手くいかなかった。ぼくの心のわだかまりが最後まで晴れなかったのだ。

終わりはあっけなかった。セラピストをやめたぼくはシドニー市内にある大きな書店で働くようになった。新しい友達もでき、シティ・ライフを謳歌していた。そんなある日、ゲイノーがぼくを迎えに書店にやって来た。あのときのことは今でも忘れない。自分の反応に自分でも驚いた。新しい友達に、彼女のことをガールフレンドとして紹介できなかったのだ。恥ずかしいと思ったのだ。

「私のこと、みんなに紹介するの恥ずかしいの？」さっさと店を出たぼくに追いついたゲイノーは、悲しそうな顔でそんなことを言った。

ぼくは何も言えなかった。それから数日後、ぼくたちは別れた。

あのときのことを思い出すと、ぼくは自分のことが少し嫌いになる。

誘惑には屈することだ。
もうこっちに
やって来ないかも
しれないからね。

ロバート・ハインライン

Yield to temptation.
It may not pass your way again.

Robert Heinlein

28

Lの世界

シドニーでエグザイルス・ブックショップを経営していたときのこと。

常連の客のひとりにサマンサという女性がいた。

サマンサはレズビアンで、自分のことを男性名のサムと呼んでいた。

背は165センチぐらいだったが、顔は四角くてデカく、肩幅もあり、筋骨隆々で、どちらかというと女子プロレスラーのような体格と風貌をしていた。

レズビアンの世界はブッチやダイクと呼ばれる男役とフェムと呼ばれる女役とに分かれている場合が多いが、サムは間違いなく、ブッチだった。

サムとぼくは男同士のような友情関係を楽しんでいた。

「この前の女の子と上手くいったのかよ、サム?」「ダメだったよ。断られちゃった」「そうか。残念だったな」「うん、最近は外れてばっかりだよ」

こんな感じで、よく膝をくっ付けては女性の話に花を咲かせていた。

でも、ある日を境に彼女はぼくに対して急によそよそしくなった。店には毎日のように来るのだが、話しに来ないし、目を合わせようともしない。ぼくが話しかけても二言三言ぶつぶつ言うと、いそいそと店を出ていってしまう。

この状態が3週間ほど続いただろうか。我慢できなくなったぼくは彼女をカウンターまで呼ぶと椅子に座らせ、何が問題なのかちゃんと話してくれ、と言った。

サムは椅子の上でしばらくモゾモゾしていたが、そのうち、ばつの悪そうな顔でこんなことを言った。

「あのね、急にあなたと寝たくなっちゃったの」

今度はぼくがモゾモゾする番だったが、彼女の話はこういうことだった――ある晩、自分でもなぜだか良くわからないが、ぼくのことを突然、セックスの対象として見るようになってしまった。それも、男ではなく、彼女が好む女としてのセックスの対象である。つまり、彼女はぼくを女として抱きたくなったのだ。

「ちょっと待ってくれよ、サム。ということは、君が男役、ぼくが女役、というセックスがしたいってことかい？」

「ま、簡単に言うとそういうことだね」

一晩考えさせてくれ、とぼくは言った。彼女はぼくのタイプではなかったし、今までは野郎友達として付き合ってきたのだ。そんな彼女に女として抱かれる？　セックスにおいて受動的になるのは決していやでも苦手でもなかったが、サムに対しては何の欲望も感じなかったのだ。

でも、一晩考えたすえ、彼女のリクエストに応えてあげることにした。友達の願いを叶えてあげるのが友情というものだし、考えているうちに「女として抱かれる」ことになんとなくそそられるものを感じたからだ。

結論から言うと、彼女は見事にぼくを「女」にしてくれた。

サムの「男」としてのラブメイキングのテクニックや心遣いは非のうちどころがなかった。最高に気持ち良かったし、「そうか、こうされると女性ってこうなるのか」といった感じで、男として学ぶことが多々あった。彼女に比べると、ぼくなんかまだまだ修行が足りないな、と思った。

サムとはそれからはまた「野郎友達」という関係に戻った。

ぼくとのセックスは良かったけど「ペニスが邪魔でね……」ということだった。それはそれでぼくも全然構わなかったのだが、彼女、たまに挨拶のハグをしているとき、ぼくの耳に舌を突っ込む癖ができ、これには少し困惑した。

軽やかに
生きることこそ
最良の復讐。

ジョージ・ハーバート

Living well is the best revenge.
George Herbert

29

ボリス・ヴィアンの女

アリソンという女性に会ったのは、サイコセラピストの仕事を辞め、シドニー市内の大手の書店、アンガス・アンド・ロバートソンで店員として働き始めたときのことだ。

当時のぼくは2年間同棲したゲイノーという女性と別れたばかりで、市内のミルソンズ・ポイントという住宅地で3人の女性とシェアハウスをしていた。

ランチタイムには町の色々な店で食事をとったが、ある日、ダウンタウンのアーケードにあるフレンチ・ビストロを発見し、ここのオムレツやサラダ・ニソワーズ、バゲット、オニオン・スープやフレンチ・フライなどがとても美味しかったので、頻繁に通うようになった。

その日、ぼくは食事のあと、エスプレッソを飲みながら、ボリス・ヴィアンの『日々の泡』の英訳本を読んでいた。

「その英訳、読みにくくない？」ウェイトレスの女性が言った。

背の高い、薄緑色の目をした、ブルネットの女性で、以前から美しい人だなと思っていたのだが、彼女がアリソンだった。

「うん、ちょっと読みにくいね」とぼくが言うと、

「スタンリー・チャップマンっていう人が訳した本のほうがずっと読み易いから、今度持って来るね」と彼女は言い、それから数日後、ぼくにその本を貸してくれた。

これがきっかけでぼくたちはよく言葉を交わすようになり、1ヶ月もするとカジュアルに付き合い始めていた。

アリソンは頭のてっぺんから足の爪先まで、スタイリッシュで趣味の良い女性だった。フレンチ・ビストロでのウェイトレスの仕事は友人のオーナーを手伝っていたもので、本業はフリーのグラフィック・デザイナー。シドニーのパディントンというトレンディな一角に小さなテラスハウスを借り、1階をアトリエ兼オフィス、2階を住居にしていた。

ぼくが初めて訪ねて行ったとき、彼女はため息が出るほど美味しいシーフード・パスタを作ってくれた。ぼくたちは薄ブルーと薄ピンクにカラーコーディネートされた上品なリビングでそれを食べ、良く冷えた白ワインを飲んだ。壁には彼女が撮ったモノクロの写真が何十枚と飾られ、大きな窓からはパディントンの銀杏並木が一望できた。部屋にはお香の香りが微かに漂い、スピーカーからはキース・ジャレットの『ザ・ケルン・コンサート』が流れていた。本棚を覗いてみると、ランボーやボードレール、アナイス・ニンやヘンリー・ミラー、ジャン・コクトーやジェームス・ジョイス、ジャン・ジュネやオスカー・ワイルドなどの本が並んでいる。みな、ぼくが大好きな作家た

ちである。

付き合っていくうちに彼女の友達にも紹介されたが、彼らのほとんどは金持ちか、いい家の出のお坊っちゃんやお嬢さんたちだった。

彼らのパーティーにも何回か行ったが、家はみな海沿いにある豪邸で、食器から出される料理まで、リッチでゴージャスなものばかり。ボヘミアンな環境に慣れていたぼくにとっては新鮮な世界だった。オーストラリアの上流社会の懐に、初めて潜入したのだ。

でも、みんないい奴らだった。アリソンの誕生日にはぼくがエルヴィス・コステロの「アリソン」の一小節をまず歌い、そのあとは部屋に集まった友達の大合唱となった。みな、アリソンのことが大好きで、ぼくのことも素直に受け入れてくれていた。

残念ながら、アリソンとのセックスの相性はあまり良くなかった。だからぼくたちはいつの間にか、恋人から友達の関係に戻っていた。それでも我々は頻繁に会い、ワインやコーヒーを飲みながら文学や映画の話で盛り上がった。

ぼくが自分のブックショップをオープンしたとき、アリソンは店のロゴをただでデザインしてくれた。そしてお祝いにと、スタンリー・チャップマン訳の『日々の泡』の初版本をプレゼントしてくれた。

ember as you do in May?
Jack Kerouac

Will you love me in

5月に愛してくれたように、
12月にもぼくを愛してくれるかい？

ジャック・ケルアック

Will you love me in December
as you do in May?

Jack Kerouac

30 抱いてくれる？

これは決して自慢話ではないのだけど、ぼくがオーストラリアで暮らしていた16年の間、数多くの女性と付き合ったり夜を共にしてきたけど、女性の方から誘われた場合がかなり多かった。

たとえばシドニーでブックショップを経営していたとき。町の中心にSTRANDEDという大きなディスコがあり、ぼくは店を閉めたあと、よくそこへ友人たちと遊びに行った。

大きなダンスフロアの横にラウンジと、その奥にバーがあり、ぼくはここで気に入った女の子を見かけると話しかけ、踊りに誘ったり、お酒を一緒に飲んだりしたのだが、お互い息が合い、さてこのあとどうやって次の段階へ持って行こうか、と考えていたりすると、女性の方から誘ってくれることがよくあった。

「どこか違うところへ行かない？」と切り出す女性もいれば、「あなたのことが好きよ。今夜、一緒に過ごさない？」と単刀直入に言ってくる女性もいた。ほとんどの場合、相手はオーストラリア人。ドイツ系の人もいれば、アイルランド系も、イタリア系の子もいたが、みな、オーストラリアで生まれ育った女の子たちだった。

天国に来たんじゃないかと思った。

世界のどこへ行っても、ナンパは男の役割だと決まっているし、特に日本では女性がなかなか脈あり、脈なしのサインを出してくれない。いい感じになってきたなと思っても、女性の気持ちがイマイチ読み取れないので、変にためらってしまうことがあるし、空振りすることだってある。

別に文句を言うつもりはないのだけれど、男にとってナンパは色々とストレスの溜る行為だ。でも、ここシドニーでは女性の方から「あなたのこと好きよ」とか「今晩、一緒に過ごしましょう」と言ってくれるのだ。男にとって、これ以上素晴らしいところはないと思った。

面白いことに、女性の方から誘ってきた場合、夜を彼女の家で過ごすことが多かった。これは誘った者のエチケットみたいなものなのかもしれない。私が誘ったんだから、私の所においで、ということだ。

おかげでぼくは様々な女性の住処に招待され、そこで夜を過ごす幸運に恵まれた。アパート、マンション、シェアハウス、アトリエ、山小屋、ハウスボート、豪邸、実家、スクワット（不法に占拠している廃屋）、廃墟となったダウンタウンのデパート、等など。ぼくはそこで彼女たちとコーヒーやワインを飲み、彼女たちの音楽を聴き、シャワーを浴び、ベッドに潜り込み、朝、同じベッドで目を覚ました。

一晩で終わったアフェアもあるし、長い関係へと発展したこともある。

この国の女性は皆、こうやって男を積極的に誘い、関係を築いていくのだろうか？　それともぼくがアジア人で、一般のオージーの男性と比べたら、いくぶん繊細で、フェミニンで、受動的に見えたから、そうしたのだろうか？

何人かの女性にこのことを聞いてみたが、答えはまちまちだった。
「この国では男と同じように女も、好きな相手が見つかったら、積極的に誘うのが普通なの」という女性もいたし、「あなたがアジア人で、オージーの男と比べたら優しそうに見えたから」という子もいた。「よくわからないわ。あなたを見ていると、なんとなく自分から誘惑してみたくなったのよ」という子もいた。

ぼくがこの話を日本人の男友達にすると、「いいなあ！　おれもオーストラリアに行きてえ！」みたいなことを言って羨ましがる。でも、「なら、日本で日本人の女の子に面と向かって誘われたらどうする？」と聞くと、「いやあ、それはどうかなあ……」とか「ちょっと引いちゃうかもなあ」なんてことを言う。このダブルスタンダードがいけないのだとぼくは思う。そんな風に考えているから、いつまで経っても日本の女性は積極的に意思表示をしてくれないのだ。

どうせ今の世の中、女性の方が強いのだ。そんな彼女たちに「抱かしてくれる？」ではなく、たまには「抱いてくれる？」と聞いてみるのもアリなんではないだろうか。

Every woman is a rebel.
Oscar Wilde

全ての女性は反逆者である。
オスカー・ワイルド

31 ケイティ・パイ

「あなたがススム？　あなたって女ったらしなんだってね」初対面のぼくに向かって、開口一番、彼女はそんなことを言って笑った。

ケイティ・パイ。20代後半という若さで、『ヒエログリフィックス』というファッション・ブランドを持つデザイナー。雑誌などにもよくフィーチャーされる、シドニーのサブカルチャーの著名人でもあった。

ときは１９８０年代初頭。日本のＹＭＯやドイツのクラフトワークが世界に火をつけたテクノブームや、ポスト・パンクやノイズ、ニューロマンティックスなど、さまざまなムーブメントが錯綜していた時代だ。

ケイティのデザインする服は、そんなテクノバンドやインダストリアル・ミュージックのアーティストやファンに好まれるような斬新なもの。ＳＦチックな制服のようなものや、日本の着物とパンクファッションを融合したような、一風変わったものばかりだった。

同時期、ぼくの経営するエグザイルス・ブックショップは、数多くのアーティストや作家やパンクスや学生が訪れるボヘミアンな場所で、ぼくはあちこちのクラブ・イベントやパーティー、個展やファッション・ショーに呼ばれるようになっていた。そんなぼくに彼女からショーの招待状が届き、のこのこ遊びに行ったところ、言葉の先制パンチをくらったのだ。

身長はぼくと同じ178センチ。ショートシャギーの銀髪にそそり立つ高い鼻。レニ・リーフェンシュタールの『民族の祭典』に登場するような、典型的なゲルマン系の美人だ。射すくめるようにまっすぐ相手の目を見る青い瞳には、力がみなぎっている。

ファッションショーは、当時の流行でもあった廃屋で開かれ、パンクバンドのライブなどもあってなかなかホットなものだった。でも、いちばん凄かったのはケイティ本人。一緒にシャンパンを飲み始めると、どんどんハイになり、テーブルにのぼって踊り出した。それくらいならまだ可愛いものだが、そのうち、2階のテラスから下のテーブルめがけてシャンパングラスを落とし始めた。酒乱だ。気がつくと、彼女のテーブルからはぼく以外、誰もいなくなっていた。

そんな強烈な出会いのあと、彼女はぼくのブックショップによく顔を出すようになり、ある日、彼女のデザインする服を着てくれないか、と言った。

ブックショップからそれほど遠くないところに彼女のスタジオはあった。ぼくが着いたころにはスタッフは帰ったあとで、ぼくが持ち込んだシャンパンを飲みながら、ふたりきりのフィッティングとなった。

彼女は着せ替え人形のようにぼくを裸にして次々と服を着せてゆくのだが、当然、おとなしく済むわけがない。さんざん盛り上がったあげく「あたしも脱ぐわ！」ということになり……ま、楽しい夜となった。

でも、ことが終わったあとも彼女は「もっと飲みたくない？」と言い出し、結局、深夜の町に繰り出し、メチャクチャになるまで深酒をした。

そんな夜を過ごしながらも、ぼくとケイティは恋人にはならなかった。お互い、無鉄砲なところが似すぎていて、危険を感じたのかもしれない。でも、彼女は気が向くとブックショップにやって来て、ぼくを遊びに連れ出した。それも、店の閉店時間の1時間も前にやって来てはぼくの膝の上に座り急かすのだ。

ぼくたちはよく車に乗って郊外までドライブした。彼女の愛車はポルシェ911。苦労して立ち上げたブランドが認められ、大きなデパートで彼女の服が売られるようになったとき、手に入れたんだという。

でも、運転はひどかった。むちゃくちゃに飛ばすのだが、ハンドルさばきは乱暴で、車はあちこち傷だらけ。助手席に座ってこわばるぼくを「あっ、また見えないブレーキを踏んでる」と言って笑っていた。

当時のぼくの周りには個性的で面白い人間がたくさんいたが、ケイティは別格だった。あとにも先にも、彼女ほどクレイジーで恐いもの知らずな人間は見たことがない。

ry essence
ncertainty.
Oscar Wilde

The
of romance is

The very essence of romance is uncertainty.

Oscar Wilde

不確実性こそ
ロマンスの本質
そのものである。

オスカー・ワイルド

32 スムース・オペレーター

シャーデーのデビュー・アルバム『ダイアモンド・ライフ』を初めて耳にしたのは1984年のバリ島だった。

オーストラリアのシドニーに住んでいたぼくは、友人の結婚式に出席するため日本に一時帰国し、その帰りに大好きなバリ島に寄った。

そのときのバリ島はまさにシャーデー一色だった。友人の家のパーティーへ行っても、レギャンのレストランに入っても、クタのメインストリートを歩いていても、彼女の甘くてハスキーでどこか切ない歌声が聞こえてきた。そしてそんな中でも特によく耳に飛び込んで来たのは女たらしの男について歌ったヒットソング「スムース・オペレーター」だった。

「ダイヤモンドのような人生を送る、愛しい男／最小限の浪費で、最大限の喜びを得ながら／世界を飛び回る男よ……／聞くまでもない／彼はやりての女ったらし／スムース・オペレーター……」

どこへ行ってもそんな歌詞が耳に入って来ては頭の中でぐるぐると回って離れなくなった。

ぼくはレギャンに暮らす、ドイツ人の友人のヨハンの家に寝泊まりし、パーティーと酒とギャンブル三昧の休暇を楽しんだ。

バリ島に10年以上住んでいる元ヒッピーのヨハンは、ドイツのアパレル・メーカーのバリ島工場の監査官を勤めるかたわら、バックギャモンの賭けゲームで生計を立てるプロのギャンブラーだった。

彼の周りには同じような元ヒッピーの欧米人が数多く暮らしていて、ファッショナブルなボヘミアンの白人のコミュニティーを形成していた。ぼくはヨハンがオーガナイズする賭けゲームに毎日のように参加し、夜になると白人コミュニティーのメンバーがレストランやホテルや自宅で開催するパーティーへ行って遊んでいた。

そんなある晩、バリ島で財を成したイタリア人のエッツォという友人の大邸宅でダンス・パーティーが開かれ、ぼくはそこでレジーナというドイツ人の女性に恋をした。数ヶ月前までヨーロッパでファッション・モデルをしていたという彼女はあまり感情を表に出さない、クールな女性だったが、彼女がときおり見せる、はにかんだようなシャイな笑顔に惹かれ、気がついたら恋に落ちていたのだ。

それからのぼくは彼女を食事やパーティーに誘っては恋を告白するチャンスを窺ったのだが、彼女のクールな顔を前にすると金縛りにあったようになり、何も言えなくなってしまった。

スムース・オペレーターどころか、初恋の相手を前にしてガチガチに凝り固まるティーンエイジャーのようになってしまうのだ。

雨期のまっただ中の暑い時期。洪水のように降り落ちる雨で、まだ舗装されていなかったレギャンの裏通りは泥沼と化した。それでも毎晩のようにどこかで洒落たパーティーが開かれ、レストランやディスコは美しく着飾った欧米人たちで溢れかえっていた。あとにも先にも、バリ島がこれほどまでにパーティームードで湧き返ったときはないかもしれない。そして、どこに行ってもシャーデーのハスキーな歌声がこの華やかなムードに花を添えていた。

結局ぼくは最後までレジーナに恋を打ち明けられないままオーストラリアへ帰ることになり、恋は実ることなく終わってしまった。

でも、今でも「スムース・オペレーター」を耳にすると、あのときのバリ島のまとわりつく暑さ、叩きつけるような雨の音、レストランやディスコから漏れる美しい光、パーティーで踊る人々の華やかな姿、そして、最後までぼくを萎縮させたレジーナのクールな顔が、ほろ苦い片想いの感触と共に甦ってくる。

誘惑を振り払う唯一の方法は
誘惑に屈することさ。
オスカー・ワイルド

The only way to get rid
of a temptation is to yield to it.
Oscar Wilde

33 ハディア

ぼくが今まで付き合ってきた女性の中で、いちばん性的に破天荒で浮気性だったのはハディアだ。ハディア・エロイーズ・オリヴェイラは身長180センチ、10頭身のブラジル生まれのファッション・モデル。結婚歴は2回。ブラジル人らしく、彼女はセックスや快楽に対してはとてもオープンかつ貪欲で、性的にはバイセクシャルだった。彼女にとってセックスは、スポーツとまではいかないまでも、とても自然なもので、女性とのセックスも全然タブーではなかったのだ。

ぼくたちは初めて会ったときから強く魅かれ合い、お互いの伴侶と別れるまでして結ばれたのだが、なかなか一緒に長い時間を過ごすことができなかった。当時のぼくは映画の製作の仕事であちこち飛び回っていたし、彼女もファッション・モデルとしてアメリカ、ヨーロッパ、日本やオーストラリアを忙しく行き来していたからだ。

そんな中、真剣に付き合い出してから間もなく、ハディアは行く先々で浮気をするようになった。

いや、これは彼女にとっては浮気ではなかったのかもしれない。

彼女がぼくのことを深く愛してくれているのは良くわかっていた。ぼくたちは結婚を誓いあっていたし、試行錯誤のすえ、性的にも相性が良くなっていた。

ただ、彼女は誰かに肉体的に惹かれると、その人を誘惑せずにはいられない性分の人間だったのだ。それが証拠に、彼女は浮気のことをいつも必ずぼくに報告してくれた。「ごめんね、実は昨夜、可愛いモデルの男の子と飲みに行って……」そんな感じでことの始まりから終わりまで話してくれるのだ。

さすがにセックスの内容までは報告しなかったが、話してくれと言ったら洗いざらい話してくれていたと思う。それだけ彼女には自分がしていることに対しての罪悪感がなかったのだ。

ぼくに神様のバチが当たったに違いないと思った。

ぼくも今まで、付き合っている女性に対して同じようなことをしてきたからだ。ぼくも誰かに肉体的に惹かれると、本能の赴くままに行動してしまうタイプの人間なのだ。もちろん、そうすることに罪悪感を感じることはあったし、しょうもない男だなと自分に呆れることもあった。でも、気がつくと、突っ走ってしまっているのだ。

そんなぼくが今、ハディアという女性を介して、しっぺ返しをくらっているのだ。神様が「逆の立場に立ったらどうなのか、じっくり味わってみるんだな」と言っているのだ。

もちろん、彼女の行為を全て受け入れた。そうする以外、ないではないか。ぼくが女性にしてきたことを、今は女性にされているのだ。フェアな人間でいたいなら、受け入れるしかない。

ぼくがその旨を伝えると、彼女は「あなたってホントに優しくて、寛容な人ね」と言って抱きついてきた。そして、これに気を良くしたのか、浮気をし続けた。

モデル、スタイリスト、デザイナー、男、女、何でもありだった。

そのうち、浮気をする前にぼくに報告するようになった。「あのね、今日、可愛いヘアメイクの女の子と仲良くなって、泊まりに来ないかって誘われているの……」

なにも事前報告しなくてもいいんだけど、と思ったが、これはこれで彼女なりのエチケットというか、誠意の表し方だったみたいである。

ハディアとは結局2年ほど付き合ったが、学ぶことの多い2年間だった。

天と地の間で、
お祖母さんの愛に
勝るものはない。

作者不明

Between the earth and the sky above,
nothing can match a grandmother's love.

Anonymous

34 バーバ

ぼくはふたりの祖母におおいに可愛がられて育った。

ひとりは父方の祖母で、千葉県の館山市出身の平柳ウラ。彼女は我が家から坂を下ったすぐのところに住んでいて、ぼくは毎日のように彼女の家に遊びに行っていた。

彼女はぼくのことを小さいときから〝ビーちゃん〟と呼んでいた。ぼくの名前、ロバートの英語の愛称はボビー。初めのうちは〝ボビーちゃん〟と呼んでいたが、これはちょっと言いにくいということで、いつの間にか〝ビーちゃん〟になっていたのだ。

ぼくは、祖母のことを〝ビーちゃんバーバ〟、またはシンプルに〝バーバ〟と呼んでいた。

彼女は身長140センチの小柄な女性で、一生に一冊も本を読んだことがない人だった。

そんな彼女が180センチはゆうにあったイギリス人で大の読書家の祖父と結婚したのだ。

祖母はこのイギリスからやって来た旅人でギャンブラーのアーサー・モンタギュー・ハリスの家で、住み込みの女中さんをしていた。カフェに入り浸り、女給たちと酒を浴びるように飲んでいた祖父は、家に帰ると祖母に仕事や女の愚痴を言ったり、日本語を教えてもらったりしていた。ふたりの間にはどんなロマンスが芽生え、どんな夢を誓い合ったのだろう？　ぼくにはよくわからない。ぼくが生まれるずっと前に祖父は亡くなっていた。

そんな祖母の得意料理は祖父直伝のロースト・ビーフにヨークシャー・プディング、タン・ローストにタン・シチュー、ステーキにフライド・ポテトなど、当時では珍しい洋食だった。

ぼくはよく、学校や家でいやなことがあると彼女の家に直行したが、彼女は何も言わないでぼくにフライド・ポテトやかき玉の入ったジャガイモや大根の味噌汁を作ってくれた。不思議なことに、彼女のそんな手料理を口にすると、ぼくの気持ちはすぐに落ち着いた。

祖母のところにはよく泊まりにも行った。

夜になると彼女はラジオで落語と浪曲を聴いていたので、ぼくもいつしか、落語や浪曲が好きになっていった。

冬には火鉢を囲み、祖母が魚の骨をカリカリに炙るのを見ながら、落語の小話にふたりで笑った。朝起きると彼女は必ず「おめざよ」と言って、ぼくの枕の下に隠しておいたバナナやチョコレートを取り出してぼくにくれた。

休みの日にはよく綱島の温泉や、東横線の多摩川駅の目の前にあった多摩川遊園地に連れて行ってくれた。電車が大好きだったぼくに付き合って、なんの目的もなしに桜木町〜渋谷間を何回も往復してくれることもあった。

三男のリッキーが生まれる2ヶ月ほど前、ぼくは祖母の元に預けられた。当時、次男のロニーは幼稚園に入ったばかり。身重な母は彼の面倒を見ながら我がままでやんちゃなぼくの世話まで焼けない、と思ったのだろう。

ぼくにとってこのアレンジメントは全然苦ではなかった。大好きなバーバと毎日一緒にいられるのだ。こんな楽しいことはない。

庭の大きな柿の木に登って柿をムシャムシャ食べたり、近所の悪ガキたちとチャンバラごっこをしたりと、ぼくは祖母の家での生活を謳歌した。

祖母が床の下に貯蔵していた梅酒の梅を無断で食べ、酔っ払って近くの下水溝の中で寝てしまったこともある。下町のいじめっ子をふたり、棒でめった打ちにしているところを近所のおじさんに止められたこともあった。でも、夜、そんな出来事をバーバに話すと、「男の子って大変だねえ」と軽やかに聞き流してくれた。

リッキーが無事に生まれたあとも1ヶ月、2ヶ月と祖母の家に居続けた。母や家のお手伝いさんが迎えに来ても、頑として帰ろうとはしなかった。

見るに見兼ねた親父がやって来て無理矢理ぼくを連れて帰ったが、別れ際、ぼくとビーちゃんバーバは抱き合って大泣きに泣いた。

深く愛する者は決して老いることはない。
老いで死ぬかもしれないが、
彼らは若くして死ぬ。

ベンジャミン・フランクリン

Those who love deeply never grow old;
they may die of old age, but they die young.
Benjamin Franklin

35 ハチバーバ

ぼくの母方の祖母、勝谷勝子はぼくの家から東横線の線路を渡り、ひとつ丘を越えたところにある白幡池のほとりに住んでいた。ぼくは彼女の家には2週間に1回ぐらいの割合で泊まりに行っていた。

勝谷勝子……凄い名前だなと思うかもしれないが、うら若き乙女の斎藤勝子が土建会社の社員だった勝谷亀麿（これも凄い名前ですね）の元に嫁いでいって、勝谷勝子になってしまったのだ。

祖母は名前とは裏腹に、こんな優しい人が実際に存在するのか、と思うぐらい優しく、上品で、身のこなしの柔らかな、美しい人だった。ぼくは祖母に1回も怒られたことがないし（これって、自分で言うのもなんだけど、かなり凄いことです）、彼女が怒ったところを1度も見たことがない。

ぼくは近くの妙蓮寺の病院で生まれ、父と母と共に人力車に乗って（古いですね）祖母の家に行き、そこに3週間ほどいたのだが、毎日、何時間も何時間も祖母はベビーベッドの中にいるぼくのことを見つめていたらしい。

「それこそ、穴が開くんじゃないかと思うぐらい見つめていたわよ」と母は言う。

物心つくと、祖母の家でハチという雑種犬を飼っていたので、ぼくは祖母のことをハチバーバと呼ぶようになった。

祖父はこのころには土建会社の役員になっていて、本社があった広島市を始め、全国を飛び回っていて、たまにしか祖母の元へは帰ってこなかった。母によると、あちこちに女がいて、泊まり歩いていたそうだが、ハチバーバは夫の不在を気にするどころか、歓迎していたみたいだ。

「お祖父さんが帰って来ると、お世話するのが大変でしょ。だからいないほうが気持ちが楽だったわ」祖父の死後、ハチバーバはそんなことを言っていた。

ぼくもこの親分肌の祖父のことはどちらかというと苦手だった。ぼくが彼のことをハチジージと呼ぶと「お祖父ちゃんと呼べ！」と怒るし、たまに銀座に映画を観に行ったり、ホテルでステーキを食べに連れて行ってくれるのだが、彼と何を話していいのかわからず、いつもおどおどしていた。

祖母の家にはぼくの母の妹で、薬剤師をやっていた叔母のふーちゃんと、働いていた会社が倒産してからは引き籠りがちになっていた三女のみーちゃんが住んでいて、彼女たちもぼくにはいつも優しかった。

ぼくが遊びに行くと、ハチバーバはよくお寿司や天ぷら蕎麦の出前を取ってくれて、みんなで楽しい団欒となった。食後は４人で花札やトランプのゲームをして遊んだ。

夏に泊まりに行くと、蚊帳を出してくれて、その中で眠るのが楽しみのひとつだった。

西瓜、キンチョーの蚊取り線香、蝉や夏虫や蛙の声、蚊に刺されたとき塗るキンカンの匂い、夕暮れ空を舞う赤とんぼ、仏壇の線香の香り、庭でもいだザクロや無花果やゆすら梅の実、ラジオから流れる野球中継の音……。これら、ぼくにとっての日本の原風景は、ハチバーバの家で見たり聴いたり体感したものがほとんどだ。

ハチバーバにはたまにデパートにも連れて行ってもらったが、着物を粋に着こなした祖母を売り子たちはよくぼくの母親と勘違いし、その度に祖母は嬉しそうに笑っていた。

ぼくは付き合っているガールフレンドをたまに彼女の家に連れて行ったが、祖母は女の子たちを食い入るように見つめては「可愛いねえ、人形さんみたいだねえ」と褒めてくれた。そしてもちろん、息子のシャーも、娘のエアのことも、温かく愛してくれた。

大の読書家だった祖母にはぼくの著書を全てプレゼントしたが、彼女はそれらを熱心に、2回、3回と、ちゃんと理解できるまで熟読してくれた。

そんな祖母も数年前、99歳でこの世を去ってしまった。

ぼくが今、素直に人を愛せる人間でいられるのは、ハチバーバと、そしてビーちゃんバーバの愛のおかげだと思っている。

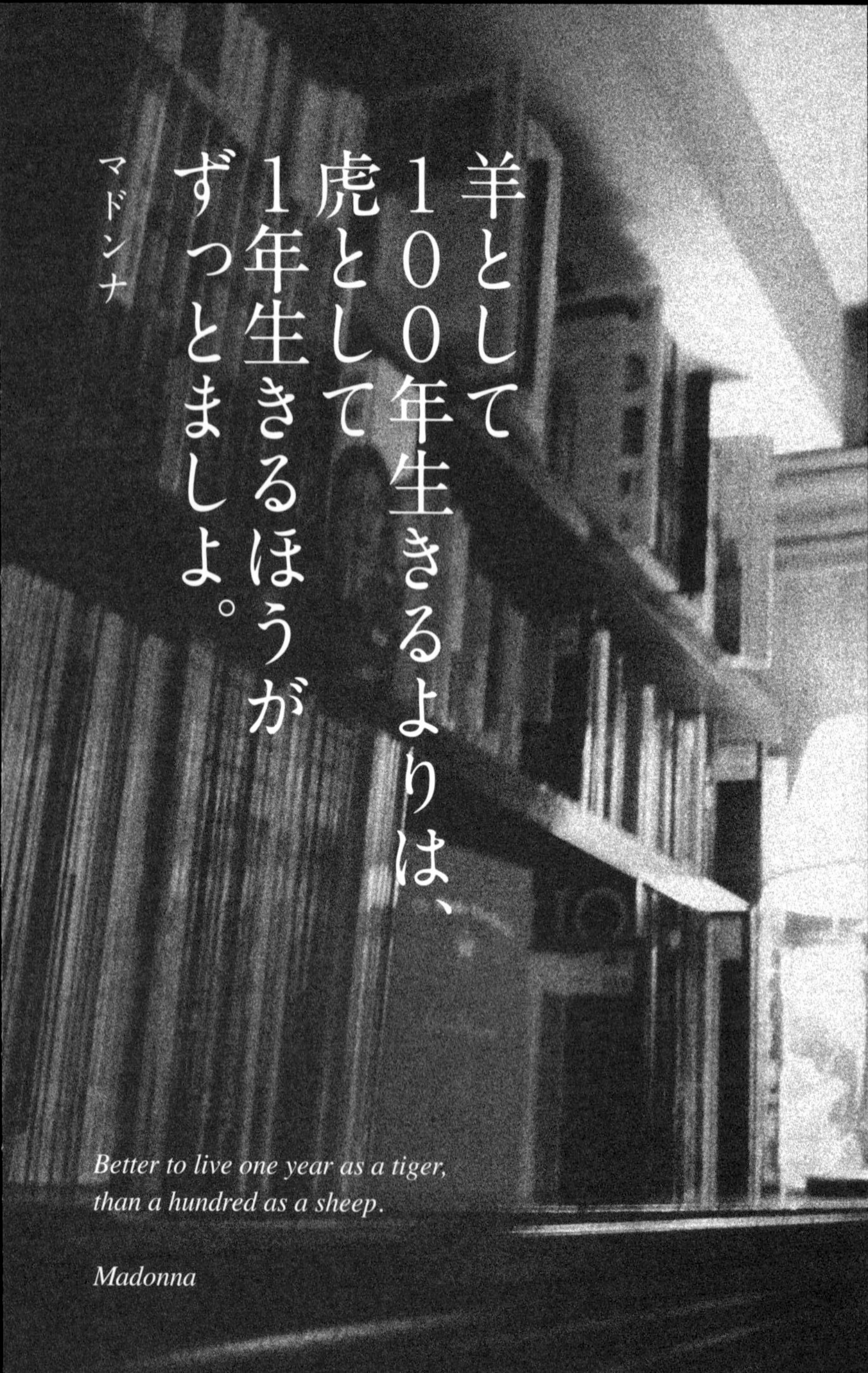

羊として１００年生きるよりは、
虎として
１年生きるほうが
ずっとましよ。

マドンナ

Better to live one year as a tiger,
than a hundred as a sheep.

Madonna

36 トレイシー

ぼくがシドニーで経営していたブックショップの2軒隣に、マーティンズ・バーという会員制のレストラン・バーがあった。

オーナーはマーティンという太ったイギリス人。3万人ほどいる会員の名前を全て覚えているという驚異の記憶力の持ち主で、よく午後に本屋に遊びに来ては奥のソファーに座って昼寝をしていた。

マーティンズ・バーの1階と3階はトップレス・バーで、2階はお洒落なイタリアン・レストランだった。噂によるとトップレスの女の子の面接では、マーティン自身がおっぱいを触って採用か不採用か決めていたらしい。

会員にはスポーツ選手や俳優、メディアやファッション業界の人間、人気作家や画家など、著名な人間も多く、トップレス・バーといってもなかなかスタイリッシュでファッショナブルなところだった。女の子たちも皆、それ相応に美人で頭が良く、ぼくは週に2、3回、ここに遊びに来ては酒を飲み、彼女たちとジョークを交わしたりしていた。

　そんなトップレスの女の子の中にトレイシーという子がいて、ぼくは彼女と特に仲が良かった。全体的に小柄で、目はダークブラウン、髪は短くカットして黒に染めていた。今は亡きリヴァー・フェニックスの顔をもっと繊細にしたような、ボーイッシュな美人だった。でも性格はかなりアグレッシブで、「あいつはバーで自分の胸に触ろうとする男をぶん殴るんだ」とマーティンがぼやいていたほどだ。

　そんな男勝りのトレイシーには、ちょっと変わった趣味があった。植物が大好きだったのだ。蘭の事典だの、サボテンの本だの、バオバブの木の写真集だの、植物関係の本をオーダーしにしょっちゅう本屋に顔を出した。注文した本が届いたよとバーに連絡すると、彼女はよくトップレスのまま本を取りにやって来た。

「シャツぐらい着てこいよ」とぼくが言うと、「いいの、いいの、すぐなんだし、面倒だからさ」と平気な顔で言った。

　ぼくは彼女と半年ほど、カジュアルに付き合ったのだが、彼女のもうひとつの趣味は、人に見られそうなところでセックスをすることだった。

　だいたいの場合、彼女のリードで始まるのだが、ぼくたちはその半年の間、エグザイルスのソファーの上（店を閉めて電気を消しても、外から見ようと思えば簡単に見える場所だった）、本屋の3階のベランダ（暗かったが、辺りのアパートからは丸見えだった）、彼女の古いレンジローバーのバックシート（さすがにぼくのアルファスッドは狭すぎた）、夜中の公園のベンチの上など、バラエティーに富んだところでセックスをした。

シドニーの郊外、ブルーマウンテン山脈の麓に、変わり者のドイツ人の男爵が19世紀末に造った植物庭園があるのだが、ここでのセックスのことは今でも良く憶えている。

広大な敷地には世界中から集められた珍しい植物が生い茂り、その中に男爵自ら創ったシュールな銅像の数々が陳列されているという、かなり変なところなのだが、ここはトレイシーの大好きな場所だった。

ぼくたちはこの庭園の谷間に流れる川の中州でピクニック・ランチを食べ、そのあと、お互いの服を笑いながら剝ぎ取ると、ことに及んだ。

川の流れる音と、肌を撫でるそよ風が心地良い、いつにもなく楽しいセックスだったが、終わったあとに腰を抜かすことが起こった。ぼくたちを見下ろす丘の上から、拍手が湧き起こったのだ。見上げると、30メートルほど頭上に展望台があり、そこから10数人のツーリストがぼくたちの行為を一部始終、見学していたらしく、拍手と声援を送っているのだ。

ここに着いたときからトレイシーは妙に機嫌が良かったのだが、その理由がそのときわかった。彼女は初めから、人に見られることを期待していたのだ。

顔に大きな笑みを浮かべ、丘の上の観客に向かって全裸で舞台俳優のようにドラマチックにお辞儀をしている彼女の姿が、今でも瞼に焼きついている。

まだ流されていない涙は、
小さな湖でその番を
待っているのだろうか？

パブロ・ネルーダ

Do tears not yet spilled wait in small lakes?
Pablo Neruda

37 女性と涙

ぼくは人前ではなかなか泣くことができない人間だが、心の底から好きになった女性の前では必ず1回は大泣きする、という変な習性を持っている。なぜそんなことをするのか、自分でもよくわからない。ま、きっと、甘えたいのだろう。

初めてこれを体験したのは、アメリカに留学して、最初の妻となるゲイルと同棲を始めて間もないころのことだった。ある日、同じ大学に一緒に留学していた旧友の林がぼくたちのアパートにやって来て、小学校時代からクラスメートだった井上が死んでしまった、と言った。

井上はぼくの高校時代のいちばんの親友だった。幼いときに両親を自動車事故で亡くした彼は、祖母と叔母さんたちと共に、ぼくの家の近くに住んでいた。

彼の情熱は自動車とバイクのレースで、ぼくや林に逆ハンの切り方とか、ダブル・クラッチの入れ方など、ドライビング・テクニックを教えてくれた。

ぼくが留学をする前の数週間、彼は毎日のように家に遊びに来て、ぼくと一緒にときを過ごした。

とは言っても寡黙だった彼はおしゃべりするのではなく、庭に座ってうちのダックスフントとアヒルが追いかけっこをするのを楽しそうに眺めていた。

　その日、彼はバイクの草レースのあとに友人たちと徹マンをやり、さらにそのあとにバイクを洗車していて突然倒れ、そのまま帰らぬ人となってしまったらしい。林とぼくはしばらく酒を飲みながら彼の思い出をぽつりぽつりと話したが、男同士の照れもあり、涙を流すことはできなかった。

　林が帰ったあと、ゲイルに井上のことを話し始めたのだが、途中で涙がポロポロと溢れ出て来て、いつの間にかそれが止まらなくなり、彼女の胸に頭を沈めると、大泣きに泣いた。こんなに泣いたのは初恋に破れたとき以来のこと。涙が涸れてしまうのではないかと思うぐらい泣き、井上に別れを告げた。

　アネットというタスマニア生まれの女性と付き合い始めて間もないころ、死んでしまった弟の話をしていたら、同じように涙が溢れ、気がついたら号泣していた。

　弟のロニーは長い間心の病に苦しみ、20代で自らの命を絶った。彼を失った悲しみはセラピーで充分感じ、何ヶ月という間、泣けるだけ泣いたのだが、その悲しみは決して尽きることがないようだ。

　ここに書いたパブロ・ネルーダの言葉のように、特定の悲しみは一生癒えることはなく、もし心の中に涙を貯めておく井戸のようなものがあったとしたら、その井戸には常にその悲しみの涙がポタポタと流れ落ち、ときおりその井戸がいっぱいになり、涙が溢れ出て来るのだと思う。その晩もぼくはアネットの胸に顔を埋め、大泣きに泣いて弟の死を嘆き、井戸に溜った水を少し逃してやった。

今の奥さんのリコのときもやはり、弟を思い出しての涙だった。

ふたりで『マンボ・キングス／わが心のマリア』という映画をビデオで観ていたときのことだ。この作品はアーマンド・アサンテとアントニオ・バンデラス演じるキューバ人の兄弟がニューヨークに亡命し、マンボ音楽を通してスターの道を歩み始めるが、同じ女性を愛してしまったためにふたりの間に亀裂が入り、最後はバンデラス演じる弟が死んでしまうというストーリー。これを観ていたぼくは気がつくと泣いていて、しまいには彼女の膝に顔を埋め、号泣していた。

こういうことを書くと、なんてぼくは甘えん坊なんだろうと、我ながら呆れるのだが、心の底から好きになった女性以外にはこういうことはしない。だからこれはきっと、「あなたなら心の全てを托してもいい」という、ぼくなりの愛の宣言なのかもしれないと思う。

こんな感じで今まで、8人の女性の胸を借りて大泣きしてきたが、彼女たちは皆、ひとりの例外もなく、温かく、優しく、包容力をもってぼくの涙を受け止めてくれた。女性特有の慈愛と母性愛をもって。

Save a boyfriend for a rainy day
and another, in case it doesn't rain.

Mae West

雨の日のためにボーイフレンドをひとり、
とっておかないとね。
そして雨が降らなかった日のために、
もうひとり。

メイ・ウエスト

38 マリリンと……

ある日、ぼくがエグザイルスのカウンターの中で雑誌を読んでいると、ススム？　とぼくを呼ぶ声がした。

目を上げるとそこにはマリリンが笑顔で立っている。マリリンは、ぼくのセラピスト時代の先輩で今はメルボルンで映画の製作の仕事に携わっているヘンリーという男のガールフレンドである。映画と文学という共通の趣味があったからか、ぼくとヘンリーは仲が良く、彼がメルボルンへ移ったあともよくお互いの家に泊まりに行ったりして親交を深めていた。そのヘンリーのガールフレンドのマリリンが今、目の前に立っているのだ。

「ヘンリーは？」とぼくが聞くとマリリンは「メルボルンよ。今回はあたしひとりでシドニーにやって来たの」と言う。そして、「良かったらここに1週間ほど泊めてもらえないかしら？」と言った。

ぼくは当時、本屋の上の3階にある4畳ほどの小さな部屋で暮らしていた。ゴザを敷いた床、剝き出しの煉瓦の壁、敷きっぱなしの布団にテレビとレコードプレイヤーとハンドメイドの本棚。そんなものぐらいしかない、穴蔵のようなところだった。

そんなところになぜ1週間も泊まりたいのか、ぼくには理解できなかったが、別に断る理由もなかったのでOKした。

その晩、ぼくとマリリンはベッドの上に横になって遅くまでテレビを観たあと、電気を消し、目を閉じた。言っておくが、ぼくは彼女に対して何の下心も持っていなかった。彼女はたしかに美人だし、朗らかで頭の良い、魅力的な女性だ。でも、彼女はぼくの数少ない兄貴分的な友人のガールフレンドで、姉貴のような存在だった。だから彼女が隣で横になっていても、何の雑念も持たずにすぐにウトウトし始めた。

どのくらい寝ていただろうか。腹に圧迫感を感じたので目を覚ました。そして、心臓が口から飛び出すくらいびっくりした。裸のマリリンがぼくの上に馬乗りになっているのだ。窓から差し込む月明かりが彼女の形の良いおっぱいと滑らかな肌を照らし出している。

「マリリン！　何してるんだよ？」とぼくが言うと、

「シーッ！　何も言わないで」と言って彼女は顔を近づけ、キスを求めてきた。何が何だかさっぱりわからなかったが、彼女の唇は柔かいし、ぼくの肌に触れる彼女のおっぱいの感触も気持ちが良い。一気に欲望が目覚め、あれよあれよという感じでことに及んでしまった。

「いったい何があったんだよ？」終わったあと、タバコに火をつけながら彼女に聞いた。

「実はヘンリーに好きな女性ができたの」とマリリン。

「あたしとは別れるつもりはないし、変わらず愛しているって。でも、彼女のことも大好きなので、これからも付き合っていきたい。何とかそれを許してくれないかって言うの。あたしはどうすればいいのって聞くと、君も誰か好きな人を見つければいいじゃないかって。つまり、オープン・リレーションシップをトライしないかって言うの。あたし、考えたすえ、メルボルンにそういう付き合いをしたい男はいないって言ったの。そしたらヘンリー、シドニーのススムはどうかって。彼なら良い友達だし、女好きだし、女性に優しいし、一緒にいたら癒されるんじゃないかって。あたしもススムならいいかもって思って、ここに来ることにしたの」

　喜んでいいのか、怒らなければいけないのか、いまいちわからなかったが、悪い気持ちはしなかった。マリリンは魅力的だし、セックスも良かった。それに彼女はぼくを選んでくれたのだ。ぼくのキスや抱擁やセックスが彼女を少しでも癒してあげられるのだったら、それはそれで嬉しい。こういう人助けならお手のものだ。

　結局マリリンはぼくのブックショップに1週間滞在し、毎晩ぼくと抱き合い、すっかり元気になってヘンリーの元へと帰って行った。

Sex relieves tension – love causes it.
Woody Allen

セックスは緊張を解きほぐし——
恋はそれを引き起こすよね。

ウディ・アレン

Sex relieves tension — love causes it.

Woody Allen

39 ……そしてイヴォンヌ

マリリンがメルボルンに帰ってから3ヶ月ほど経ったある日、ブックショップのカウンターの中で本を読んでいると、ススム？　という声がした。見上げると、そこにはボッティチェッリの天使のような、いくぶんふっくらとした美人が立っていた。

「あなたがススムでしょ？　私の名前はイヴォンヌ。ヘンリーの紹介でメルボルンから来たの。1週間ほどここに泊めてもらえないかしら？」

またヘンリーかよ、と思ったが、彼女の目はよく晴れたオーストラリアの空のように青く、髪は朝日に照らされた小麦畑のように黄金色に輝いている。「もちろんいいよ」と即ＯＫした。

その晩、ぼくとイヴォンヌはベッドの上に横になって遅くまでテレビを観たあと、電気を消し、目を閉じた。でも、マリリンのときと違い、ぼくの頭の中は雑念だらけだった。

彼女はいったい何者で、なぜぼくのところに来たのか？　彼女とヘンリーとの関係は？　彼女が店に来てから、そういうことをそれとなく聞いてみたが、答えらしい答えは帰ってこなかった。

それに彼女はぼくにとって、友達でもないし、姉貴のような存在でもない。今日会ったばかりの、美しくて魅力的な女の子だ。その子が今、ぼくのすぐ隣で横になっている。彼女の香水の甘い香りがぼくの鼻をくすぐっている。ちょっと手を伸ばせば、彼女に触れることができる。そんな状況の中、簡単に眠れる訳がない。

と思ったが、意外と簡単にウトウトし始め、いつの間にか寝ていた。

どのくらい寝ていただろうか？　下半身がスースーするので目が覚めた。見上げると、裸のイヴォンヌがぼくの顔を覗き込んでいる。ぼくはいつの間にかパンツを脱がされ、下半身裸だった。窓から差し込む月明かりが彼女のふっくらしたおっぱいと、真っ白な肌を浮き立たせている。

「イヴォンヌ……」

「シーッ」彼女は長い金髪を右手で後ろに払うと、ゆっくりと顔を近づけてきた。とろけるように甘いキスだった……。

「どういうことなの?」ことのあと、タバコに火をつけながら彼女に聞いた。

「マリリンから、ヘンリーに恋人ができたって聞いたでしょ？　私がその恋人よ。恋人だったたって言うべきかしら。ヘンリー、急に別れたいって言うの。これ以上、マリリンを傷つけたくないって。私はもちろん落ち込んだわ。そしたらヘンリー、シドニーのススムに会いに行ってみなよって言うの。マリリンも彼に会って元気になったから、きっと君も元気になるよって。だからこうしてここに来たのよ」

おれはセクシャル・セラピストかよ、と一瞬思ったが、ヘンリーの考えがわからないでもなかった。恋人を誰かに託すのだったら、気心が知れた親友に託すのがいちばんだ。逆の立場だったら、ぼくも同じことをやっていたかもしれない。

彼女とは結局1週間、一緒に過ごし、愛し合った。

寡黙で、繊細で、情熱を内に秘めた女性だった。オレンジ色の服ばかり着ていたので、当時欧米の若者の間で人気だったインドのグル、バグワン・シュリ・ラジニーシの信徒だということはわかっていたが、彼女は自分の信仰についてはほとんど何も語らなかった。

わかっていたのは、彼女がベジタリアンで、ヨガと瞑想を修行していて、メルボルンでは高級売春婦をやっているということだ。

「金持ちだけを相手にしているエスコート・クラブに所属しているの」彼女はある日、ぼくに説明してくれた。「クライアントは主に実業家とか医者や弁護士。お金を貯めて、オーストラリアを車で一周したいの」

それから2年ほど経ったある日、新車のＢＭＷに乗った彼女がやって来て「これから行って来るわ！」と言ってぼくをハグし、甘いキスをくれると、長い旅に出て行った。

We are our choices.
Jean-Paul Sartre

我々は、我々の選択である。

ジャン＝ポール・サルトル

40 チョイス

あれはぼくが上智大学の1年生だったときのことだ。

ぼくはその日、小学校のときからのクラスメートで、上智にも一緒に行っていた親友の林と遠藤と3人で、横浜元町の商店街を車で走っていた。車を運転していたのは林。3人で映画を観に行った帰り、元町へコーヒーを飲みにやって来たのだ。

メインストリートを20メートルほど走ったところで、ぼくたちはビラを配っている背の高い女の子を目撃した。

「おい、あの娘、可愛いじゃん」林が言った。

背は170センチ近くあるだろうか。大きな目をした、日本人離れした容貌の美人で、長い髪は先のほうが軽くカールしていた。

「話しかけようか?」ぼくが言った。

すると、女の子には昔から奥手だった遠藤が、

「おれ、昨日彼女と話したよ。マリコっていって、フェリス女学院の学園祭のビラを配ってるんだ」と自慢気に言った。

林が彼女の目の前で車を停めた。リアシートの遠藤がウィンドウを下げ、

「こんにちは。また会ったね」と言った。こんな積極的な遠藤を見るのは初めてだ。

「あっ、こんにちは」マリコが言った。笑顔が可愛かった。

「フェリスだよね。もうビラ配りは終わったの?」林が聞いた。

「はい、いちおう……」マリコが言った。

「じゃあ乗っていきなよ。学校まで送るよ」林が言ってニコッと笑った。

林は元町商店街を突き抜けて、港の見える丘公園のほうから遠回りして山手の丘のフェリス女学院へと向かった。彼女と話す時間をできるだけ稼ごうというのだ。

車の中ではぼくと林の自己アピール合戦と「あとでどこかで会おうよ」攻撃が始まった。フェリスに着いたころには林が元町のシェルブルーで、ぼくが喜久屋で別々に彼女のことを待っている、という、半分冗談のような状況になった。すると車を降りたマリコに、

「じゃあ、ぼくはシェ・ヴィクトールで待ってるから!」と遠藤が大声で言った。

負けてなるものか、という顔をしている。よっぽど彼女のことが気に入ったのだろう。

ぼくたちはその足で元町に引き返すと、各々の持ち場へ行って彼女を待った。

ぼくのところへ彼女が来る確率は35%、林の元へ行く確率も35%、誰のところへも来ない確率が

25%、そして遠藤のところへ行く確率は良くて5%ぐらいだろうとぼくは読んでいた。

30分待っても1時間待っても彼女は来なかった。仕方がないのでそのまま家に帰り、林の家に電話してみた。すると、「おれのところにも来なかったぜ」と彼が言った。

まさかとは思ったが、いちおう遠藤のところにも電話してみた。

「えっ？　マリコ？　来たよ」彼が嬉しそうに言った。「一緒にお茶して、今週末、映画へ行く約束をしたんだ」

かくして女の子とは無縁だった遠藤と、美しい女子大生のマリコの交際は始まった。そしてそれから2年後、ふたりは結婚し、遠藤が昔から憧れていたフランスのパリで生活を始めた。

あれから40年以上経った今、ふたりはまだパリで暮らしている。

マリコは3人の息子を産み、コーディネート会社を経営する遠藤は3人全てを大学に行かせた。長男のタイジは現在、東京に住んでいて、たまにぼくが主宰するパーティーに遊びに来る。日本語とフランス語と英語が堪能な、好青年である。

数年前、雑誌の仕事でパリに行ったぼくを、遠藤とマリコは色々なところへ案内し、もてなしてくれた。

最後の夜、ベトナム・レストランで食事をしたとき、マリコになんであのとき、ぼくか林のところではなく、遠藤の元へ行ったのかと聞いてみた。すると、

「だって、ナンパで有名なあなたとか林のところへ行くはずないじゃない」と彼女は言って笑った。

What is most beautiful in virile men is something feminine;
what is most beautiful in feminine women is something masculine.

Susan Sontag

男らしい男のいちばん美しいところは彼の女性的な側面。
女らしい女のいちばん美しいところは彼女の男性的な側面よ。

スーザン・ソンタグ

41 アニマ

スイスの精神医学者カール・ユングによると、男性の中にはもうひとりの自分である女性像（アニマ）が生息し、女性の中にはもうひとりの自分である男性像（アニムス）が生息しているという。

もっと簡単に言うと、アニマは男性における女らしさ、アニムスは女性における男らしさである。

男も女も常日頃は社会的に認められるために、いわゆる男らしいとか女らしいという仮面（ペルソナ）を被っているが、心の中ではその逆のアニマやアニムスが生息していて、精神的なバランスを保っている、というのだ。

シドニーでブックショップを経営していたときのこと。店の常連客のひとりにクライヴという社会学者がいた。ある晩、彼に食事を誘われた。

彼がゲイだということは知っていたが、この誘いにセクシャルなニュアンスが含まれているとはこれっぽっちも思わなかった。彼はぼくがヘテロセクシャルだということを知っていたし、今まで、彼から性的なバイブレーションを感じたことは1度もなかった。彼は何冊も本を出している著名な学者だし、人間的にチャーミングで、話術にも長けていた。きっと教養に満ちた、刺激的な夜になるだろうなと思い、ぼくは快くOKした。

ぼくたちはブックショップの近くのベジタリアン・レストランへ行き、ワインを飲みながらサラダやパスタを食べた。初めのうちは本の話や共通の知人の噂話で盛り上がったのだが、食事の途中から雲行きが怪しくなった。クライヴは一貫して穏やかで紳士的で、性的に露骨な態度は一切見せないのだが、いつの間にか話題がセックスに集中するようになった。それも、男も女も、いくら自分のことをヘテロセクシャルだと思いこんでいても、本当のところはみな両刀使い、バイセクシャルなんだ、と彼は論じている。

「みんな、どこかで自分の本性を否定して生きているんだよね。真に性的にオープンになれば、誰だって自分がバイセクシャルだってことに気づくんだけどね」そんなことをソフトな口調でぼくに語りかけてくるのだ。まるで催眠術師が暗示をかけているみたいだ。

また、彼はちょっとしたジョークを言ってはぼくの手や腕に触ってくる。このボディコンタクトは、ぼくが好きな女性に対してとる行動とまったく同じだ。親密感を演出しているのだ。

「おれは誘惑されているんだ」そう思った。そしてそう思った途端、奇妙なことが起こった。彼の前で、ぼくは無意識のうちに足を女性のように斜めに組んでいたり、コケティッシュに頬杖をついたりしている。まるで体が女になってしまったような感じだ。これに気がつく度にぼくはハッとなって姿勢を正し、男っぽいポーズをとるのだが、またいつの間にかフェミニンな形に戻っている。

これにはかなり焦ったが、この動揺を見抜いたのか、彼の目はいつしか笑っているように見えた。そうこうしているうちに食事も終わり、支払いとなったのだが、割勘でというぼくの提案を蹴って、クライヴが奢ってくれることになった。このときのぼくのリアクションはというと、「飯を奢ってもらったんだから、一発ぐらいやらせてあげないといけないのかな」というものだった（アホですよね）。でもそのときは真剣にそう思ったのだ。

外に出ると、彼がぼくの部屋を見たいと言う。やっぱり来たか、と思ったが、ぼくは言われるままに、彼をブックショップの3階のねぐらへと案内した。

部屋に落ち着き、ウィスキーをチビチビやるが、言葉が出て来ない。彼もニコニコしているが、何も言わない。ぎごちない沈黙が続く。どうしよう？　心臓が口から飛び出しそうだ。目の前のクライヴは包容力もあるし、魅力のある男だ。彼とならいいか、と一瞬思った。でも、彼のトロツキーのようなヒゲがどうしても気になった。どうもぼくはヒゲが苦手のようだ。

結局その晩はぼくが丁重に彼の誘惑をお断りする、という形で終わった。ホッとしたが、彼が帰ったあともしばらくは、女のような気分が抜けなかった。

アニマ恐るべしである。

恋って、
私が思うに、
歌を歌うような
ものよね。

ゾラ・ニール・ハーストン

Love, I find, is like singing.

Zora Neale Hurston

42 セイレーンの歌

古代ギリシャの英雄オデュッセウスは歌が好きだった。その歌声で人間を魅了し、海に飛び込ませたり船を難破させたりする妖精セイレーンの島に近づいたとき、部下の船員たちには耳に栓をするよう命じておきながら、自分は自身を船のマストに縛りつけさせ、決して解かないようにと命令した。でも、いざセイレーンの歌を耳にすると、そのあまりの美しさに正気を失い、彼女たちの元へ行こうと大暴れしたそうだ。

別に自分のことを英雄オデュッセウスと比較するつもりはないが、ぼくも歌の上手い女性に弱い。どのぐらい弱いかというと、オーストラリアでブックショップを経営していた5年間の間に、ぼくは3人のプロの女性歌手と付き合った。

最初の女性はジャン・コーネルといって、彼女は「フォーリング・イン・ラブ・アゲイン」という女性デュオのリード・シンガーだった。アンダーグラウンドのクラブやキャバレーでフェミニズムやレズビアン、ゲイやSMなど、セクシャル・ポリティックスをテーマにした風刺的な歌を歌うデュオで、町のボヘミアンな若者たちの間で人気を博していた。彼女たちもかなりダイハードなボヘミアンで、ジャンも、相方のエリザベスも、ぼくのブックショップの近くにある大きな廃屋にパンクスたちとスクワッティング（不法居住）していた。

ぼくたちはよくそこでマリワナを吸い、音楽を聴き、セックスをした。でも、あまり会話はなかった。今からしてみると、彼女はぼくのことを珍しいペットのように捉えていたように思う。町のファンキーなブックショップのオーナーで、若者のサブカルチャーではそこそこ名の知れた男で、編んだ髪からビーズを垂らし、コールでアイラインを描き、変わった服をいつも着て、常に肌を普通以上に露出しているボヘミアンな日本人。そんなぼくを連れて歩き、彼女のクールでインテレクチュアルなフェミニスト仲間に紹介するのを楽しんでいたように思う。もちろん、それはそれで全然構わなかったし、ぼくは彼女のクールな物腰や、本を読んだりしているときに急に無言で体を求めてくるところが好きだった。

ふたり目の女性はジャズからフォーク、ラテン、ブルース、オペラ、ロック、フュージョンと何でも歌いこなす、オーストラリアでは有名なシンガー・ソングライターのジーニー・ルイス。ある日、ぼくのブックショップでチリの軍事独裁政権に抗議するプロテスト集会を開いたのだが、そのとき彼女がチリの英雄のヴィクトル・ハラの歌を歌い、ぼくはその声に恋をしてしまった。

恋人として付き合ったのは1週間ほどだったが、ぼくは彼女の歌はもちろん、彼女の反骨精神や正義感、常に弱者の代弁者であろうとするスタンスが大好きで、彼女とはそのあともずっと親しい友達であり続けた。

3人目はジャズとスタンダードを歌うメリル・レパード。彼女にはブックショップに居候していたヒサオに紹介された。初めて会った夜、彼女は本屋の2階の画廊でぼくとチークダンスを踊り、ぼくの耳元に囁くようにサラ・ヴォーンやエラ・フィッツジェラルドのラブソングを歌ってくれた。ぼくは当時、アネットという女性と同棲していて、メリルにはロック・シンガーの夫と、5歳になる男の子がいたが、ぼくたちは恋に落ちた。

付き合い始めて間もなく、彼女はミュージカルの主役に抜擢され、稽古に明け暮れる忙しい日々が始まった。ミュージカルはオリジナルのロックオペラで、彼女はバラードからアップテンポのものまで、数曲、ソロを任されていたが、日を追うごとに彼女の歌は迫力を増し、心揺さぶるものになっていった。ぼくはリハーサル・スタジオの暗がりの中で彼女のパフォーマンスに見惚れ、本番が始まるのを心待ちにした。

でも、ある晩、彼女の家のパーティーに招待され、彼女のロックンローラーの夫に紹介された。彼は物腰のソフトな、見るからに優しそうな男で、ぼくの目を見据えると「メリルは君のことを愛している。よろしく頼む」と言った。でも、ぼくはそんな彼を裏切り、家庭を壊してまでメリルと一緒になる気にはどうしてもなれず、ぼくたちは別れることになった。

別れた日、ぼくは彼女のミュージカルのライブステージを観に行った。

彼女のパフォーマンスは期待どおり、胸が詰まるぐらい素晴らしいものだった。

彼女はおれに、ヒップポケットでも
感じられるような微笑みをくれた。

レイモンド・チャンドラー

She gave me a smile I could feel in my hip pocket.
Raymond Chandler

43

ニコール

シドニーのブックショップを閉めてしばらくして、ぼくは映画の脚本や製作の仕事に携わるようになり、これのおかげで数多くの俳優や監督と友達になった。

たとえば『オーメン　最後の闘争』や『ジュラシック・パーク』のサム・ニール、『マッドマックス』シリーズのジョージ・ミラー監督、『ベイブ』のクリス・ヌーナン監督、『ラスト・エンペラー』のジョン・ローン、日本の柳町光男や石井岳龍監督、石田純一や佐藤浩市。皆、なんらかの仕事を一緒にした仲間であり、友人である。

そんな中、後に『今そこにある危機』や『ボーン・コレクター』、『ソルト』といったハリウッド作品を監督するフィリップ・ノイスとは1年、一緒にテレビ映画の製作に携わり、それからはポーカーをやったり、彼の家族とピクニックへ行ったり、彼が長年暮らした家を破格の値段で譲り受けたりと、心を許し合う仲になった。

ある晩、そんなフィリップから電話があり、キングス・クロスにあるベイズウォーター・ブラッセリーというレストランに来い、可愛い駆け出しの女優を紹介する、と言ってきた。

　ぼくはもちろん、レストランに飛んで行った。フィリップは数人の友達とバーで歓談していたが、その真ん中に、身長１８０センチはゆうにある、赤毛の、飛び切りの美人がいた。

「ススム、おれがいま最も注目している新人の女優のニコールだ。よろしく頼む」そんな感じでフィリップが彼女を紹介してくれたのが、後にハリウッド・スターとなり、アカデミー賞の主演女優賞を獲得するニコール・キッドマンだった。

　当時の彼女はまだ20歳になったばかり。目はきらきらと輝き、肌は赤ちゃんのようにツルツルと滑らかで、ぼくに満面の笑みを向けて「ハイ！」と言って握手をしてきた。ぼくは一瞬でこの笑みにやられ、彼女のことが好きになってしまった。

　皆が席に着き、食事はすぐに始まった。ぼくの目の前に座ったニコールとどんな話をしたのかは忘れてしまった。憶えているのは食事の途中、偶然に彼女の足とぼくの足とがぶつかり、そのまましばらく、ぼくたちは足を絡め合ったまま料理を食べた、ということだ。

　このことを何人かの友人に話したが皆、「そんなバカな。夢でも見てたんじゃないの」と言って笑う。でも、これは本当の話だ。ぼくとニコール・キッドマンは5分ほど、足を絡め合ったまま、たまにお互いの顔を覗き込み、小さく微笑み合ったりしながら、料理を食べた。ちょっとした魔法のひとときだった。

　でも、残念ながらこの魔法はすぐに解けてしまった。当時彼女が付き合っていたトム・バーリンソンというオージーの俳優がやって来て、彼女の隣に座ったのだ。彼女は足を引き、あとは何もなかったかのように振る舞った。

それから3年ほどして、ぼくは柳町光男監督の映画『チャイナシャドー』のアフレコと編集のため、ロサンジェルスにいた。仕事が一段落したある日、映画人がよく使うシャトーマーモントに長期滞在していたフィリップから電話があり、久しぶりにポーカーをやらないか、と言ってきた。

さっそく駆けつけたが、部屋にはそうそうたるメンバーが集まっていた。ジョン・ローン、サム・ニール、『追いつめられて』の監督のロジャー・ドナルドソン、『ブレードランナー』のレプリカントを演じたルトガー・ハウアー、そして、なんと、『デイズ・オブ・サンダー』で世界的にブレイクし、共演したトム・クルーズと結婚したばかりのニコール・キッドマンの姿もあった。フィリップがぼくのために呼んでくれていたのだ。

ゲームはさっそく始まり、まずフィリップが破産し、次にニコールがギヴ・アップ、続いてサムとロジャーとルトガーが負け、結局ぼくとジョン・ローンが大勝ちして終わった。

残念ながらその晩、ニコールとは何もなかったが（当たり前だ）、彼女の花が開いたような笑みは健在だった。それはまさに、ヒップポケットでも感じられるような、一級品の笑みだった。

5時に行って
あなたと
メーク・ラブするわ。
もし遅れたら、
私なしで始めてて。

タルーラ・バンクヘッド

I'll come and make love to you
at five o'clock.
If I'm late, start without me.

Tallulah Bankhead

44 レッド・パレス

シドニーのエグザイルス・ブックショップを閉めてしばらくして、ぼくはオージーの友人のジェフリーとシドニーの夜の繁華街、キングス・クロスにある古くて由緒あるマンションのペントハウスに引っ越した。

このペントハウスは金持ちの実業家のお妾さんが所有し、自らデザインしたところで、いささか奇妙なところだった。中の全てのものが赤いのだ。

赤い壁、赤い天井、赤いカーペットが敷き詰められた赤い床、赤い家具、赤いベッド、赤いタイルのバスルーム、赤いジャグジー、赤い便器、赤い冷蔵庫、赤い食器洗い機、赤い食器、赤い本棚。そう、ドアを開けると、まるで高級買春宿に迷い込んでしまったような、怪しい空間が目の前に口を開けているのだ。壁に掛かっているいくつかの絵画も全て赤が基調。飾ってあるオブジェや壺なども全て赤。初めて訪れたとき、活けられてあった花も赤い薔薇ばかりだった。

ここまで読むと、さぞかし暑っ苦しくて重たい雰囲気のところを想像すると思うが、いざ中に入ってみると、そこは意外と居心地が良くて快適なスペースだった。

ドアを開けてホールに入ると、左側に広いマスター・ベッドルーム、次にジャクジー付きのバスルーム、そして次に2段ベッドの入った小さいベッドルームと続き、バスルーム以外はドアがなく、オープンな作りになっている。

奥にはホーム・バー、キッチン、段差のある広いリビング、そして書斎があるスペースが広がっていて、この奥のスペースだけで100平米はゆうにあったと思う。

リビングには長さ5メートルのガラストップのテーブルがあり、壁際には緑豊かな観葉植物が生い茂っていて、下からハロゲンランプがそれをライトアップしていた。この緑が赤一色の部屋に新鮮な開放感を与えていた。

また、リビングの奥は一面、床から天井までガラス窓で、眼下に広がるシドニーの町の一大パノラマを映しだしていた。

ぼくとジェフリーはここを「レッド・パレス」（赤い宮殿）という愛称で呼び、1年ちょっと暮らしたのだが、それはまさに、ギャンブルとセックスとパーティー三昧の日々だった。

ぼくたちがここに引っ越したとき、友達は皆、赤い家は怒りを誘発するから止めたほうがいいと言ったが、誘発されたのは怒りではなく、エロスだった。

ぼくもジェフリーもここに移って以来、朝から晩までなんとなく悶々としていたし、普通に遊びに来た女性もここにいるとなぜかエッチな気分になるらしく、誘ってもいないのに「わたし、今晩泊まっていこうかしら」などと言って夜を共にしてくれた。

　ぼくとジェフリーはよくここに友達を呼んではパーティーやポーカー・ナイト、バックギャモン大会、ホラーやカルト映画の上映会などを開き、そのうち、「レッド・パレス」はシドニーの若者の間でも〝かっこいいパーティーのある場所〟として知られるようになった。

　このアパートのせいにするわけではないけれど、ぼくが人生の中でいちばん女に狂ったのもこの時期だった。

　当時は字幕翻訳家として働いていたテレビ局の同僚のジョアンナというレギュラーのガールフレンドがいたが、26話で紹介したスージーもよく遊びに来たし、23話に登場したアニーもたまに泊まりにきた。映画監督のフィリップ・ノイスの娘のベビーシッターをやっていた駆け出しの俳優の女の子や、アパートの掃除にやって来た『おしん』の田中裕子似の日本人女性とも付き合った。テレビ映画の仕事が始まると主役の女優とも何度か夜を共にしたし、日本人の俳優の奥さんともできてしまった。どういう状況で知り合ったのか憶えていないが、スウェーデンからやって来たバックパッカーで、あの巨匠、イングマール・ベルイマンの孫娘だという女の子とも少し付き合った。そのうち、1年ほど前に別れたイングリッドも旅から帰って来たので、彼女ともよりを戻した。

　このときのことを思うと、我ながら狂っていたなと思う。

　ぼくの2番目の奥さんとなるオンディーヌの登場と共にこの時代は終わり、ぼくは「レッド・パレス」を去るのだが、これはまた別の話である。

I want to do with you what spring does with a cherry tree.

Pablo Neruda

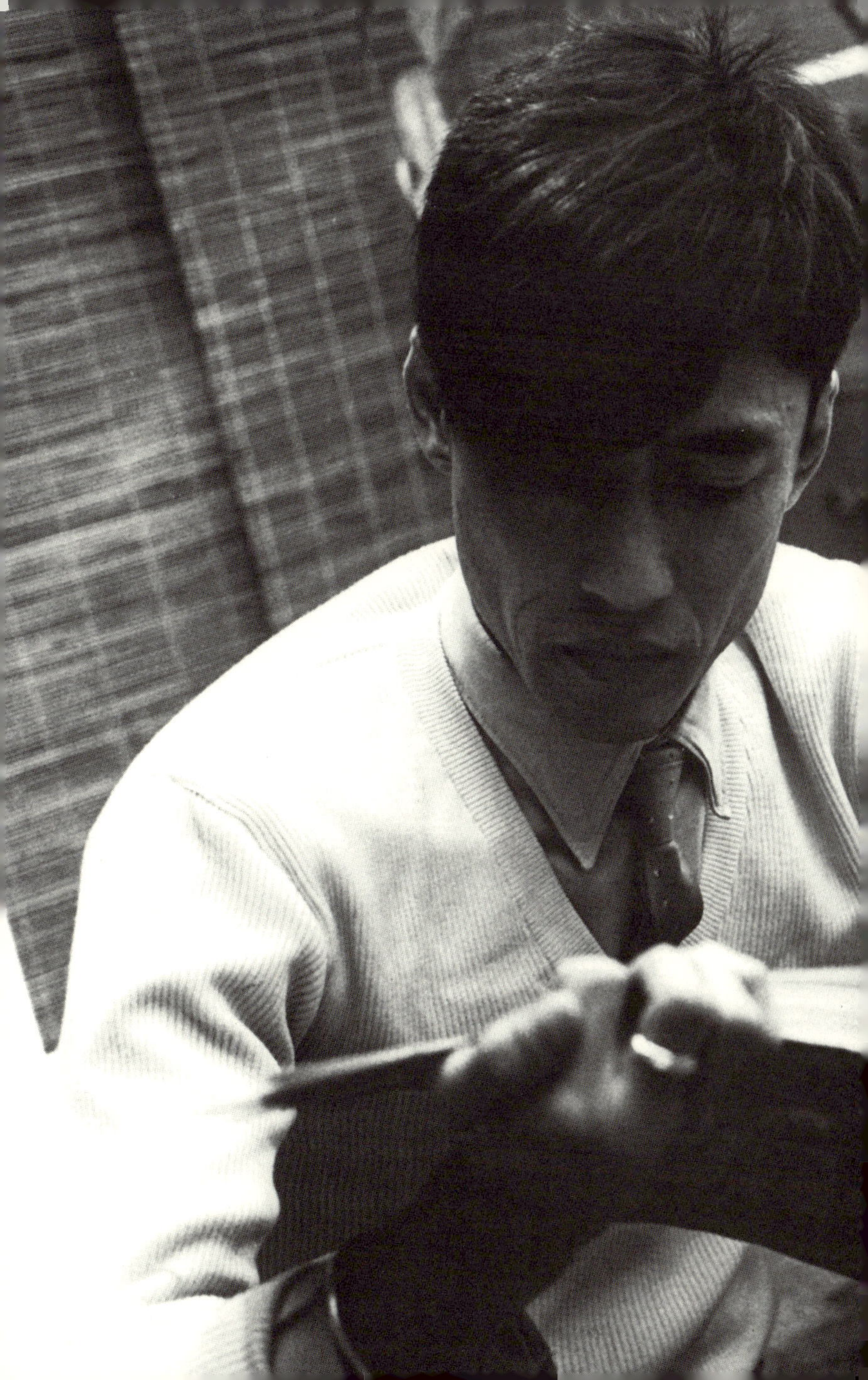

私はあなたと、
春が桜の木に
することをしたい。

パブロ・ネルーダ

I want to do with you
what spring does with a cherry tree.
Pablo Neruda

45 出会い Part 1

運命の人に初めて会った瞬間、体に電気だとか稲妻が走ってビリビリくる、とよく言われるが、ぼくの場合も、妻となる3人の女性と出会ったときはみな、そんな感じだった。

最初の妻となるゲイルに会ったのは、アメリカのカリフォルニアの大学に留学して1週間ほど経ったある日。新学年の始まる前日、担任の教育指導員に会うために、彼のオフィスの前で順番を待っていたときだ。

ぼくは買ったばかりのヘッドバンドと虹色のタイダイTシャツ、ブルーのベルボトムという格好で、廊下の床の上にあぐらをかいて座り、ヘルマン・ヘッセの『荒野のおおかみ』を読んでいた。

突然、誰かの視線を感じた。見上げると、背の高い美人が、ぼくのことを興味深げに見下ろしていた。女優のアリ・マッグロー似のとびっきりの美人だった。彼女もヘッドバンドをしており、洋服はミニのワンピース。足には当時流行りの編み上げのグラディエーター・サンダルを履いていた。

「Hi！」と彼女はオープンな笑顔で言った。ビリビリっときた。その瞬間、真剣に、この女性と一生過ごしたいと思った。こんなふうに運命を感じたのは初めてだった。

「私はゲイル。あなたは？」彼女が聞いた。

ぼくはそれまで、ずっと英語名のロバート・ハリスで通してきたが、気がつくと、「Hi, my name is Susumu」と、日本名のススムを名乗っていた。そっちのほうがずっとエキゾチックに聞こえるし、彼女にアピールするんじゃないかと思ったのだ。

そのとき、教育指導員のオフィスのドアが開き、彼女の名前が呼ばれた。彼女の次はぼくの番だ。今しかない、と思った。今を逃したら、一生後悔する。

「あとで、会わない？」震える声で言った。

「オッケー」彼女が笑顔で言った。

彼女との8年間のラブ・アフェアの始まりだった。そしてそれから長い間、ぼくは「ススム」になった。


2番目の妻のオンディーヌと出会ったのは1984年、オーストラリアのテレビ・ドラマ『カウラ大脱走』の製作の仕事に就いていたときだ。

ぼくは当時、キングスクロスにある真っ赤なマンションに住み、複数の女性と付き合っていた。

その晩、ぼくのマンションでポーカーゲームが開かれていた。メンバーは『カウラ大脱走』の監督のフィリップ・ノイス、脚本家のマーガレット・ケリー、主役の石田純一、マンションのハウスメイトのジェフリー、そしてぼく。

ゲームは淡々としたペースで進み、マーガレットと石田純一がリードし、フィリップがいつものようにひとりで大負けしていた。そんな中、玄関のベルが鳴り、マーガレットの息子のブライアンがガールフレンドを連れてやって来た。

ガールフレンドの名前はオンディーヌ。真っ赤なドレスを着た、金髪の美人で、彼女を一目見たとたん、手持ちのカードを全てテーブルに落としてしまった。

ポーカーなんてどうでもいいと思った。今すぐにでも彼女と結婚して、子供を作りたい。ゲイルと別れて以来、そんなことを思ったのは初めてだった。

ブライアンとオンディーヌはしばらく、ぼくたちのゲームを見物していた。喧嘩をしていたらしく、ふたりの間には不穏な空気が流れていた。よし、と思った。

30分ほどして、ふたりは去って行った。

「彼女、奪っちゃっていいかな?」マーガレットに聞いた。

「いいわよ。息子も彼女も、最近は全然上手くいっていないの」マーガレットが言った。「そろそろ別れたほうがいいのよ。オンディーヌはいい娘よ。幸せにしてあげて」

それから数週間後、ぼくはあるパーティーでオンディーヌと再会し、それからさらに数週間後、彼女はぼくの赤いマンションに引っ越してきた。

ダンスは魂の秘密の言語よ。

マーサ・グレアム

Dance is the hidden language of the soul.
Martha Graham

46 巫女の踊り

ブラジル人のモデルのハディアと過ごした2年間を振り返ると、様々なダンス・シーンが脳裏に浮かんでくる。

シドニー郊外のブルーマウンテンズ国立公園に行ったとき、ぼくたちはとてもピュアなLSDをとってトリップしたのだが、トリップがピークに達したとき、ハディアはホテルの部屋でぼくに向かって急に踊りだした。

ベリーダンスとジャズ・ダンスとサンバが融合したような、プロのダンサー顔負けの凄い踊りだったが、なんせぼくはLSDで幻覚が見えるぐらいハイになっているのだ。初めの10分ぐらいはアラビアン・ナイトのハーレムの奴隷の踊りに見えていたが、ある時点から獲物を狙う蜘蛛女のダンスに見え始め、ぼくは恐くなってバスルームに逃げ込んだ。食べられてしまうのではないかと思ったのだ。

香港で『チャイナシャドー』という映画の製作に携わっていたとき、ハディアが東京から訪ねて来て、ぼくのホテルに1ヶ月ほど滞在した。ある晩、ぼくが撮影現場からヘトヘトになって帰って来ると、彼女は顔にはヴェール、上半身裸、下はビキニのパンティだけといういでたちで待っていて、ぼくをベッドに座らせると、アラブ音楽のテープをかけ、ベリーダンスを踊り始めた。

まるで王様になったような気分だった。ベッド脇にはアイスバケットに入ったシャンパンまで用意されている。おれはなんて幸せな男なんだと思った。目の前で世界の第一線で活躍するファッション ・モデルが半裸の姿で踊りを披露してくれているのだ。

うーん、それにしても、このアラブ音楽には終わりはないのだろうか。彼女はもうかれこれ30分は踊っている。ぼくは時間が気になりだした。

そろそろ、ここ1週間、ずっと心待ちにしていたボクシングのヘビー級タイトルマッチの生中継が始まる時間だ。カードはチャンピオンのマイク・タイソン対カール・ウィリアムス。この試合は何が何でも見逃したくなかった。

「ハディア、悪い」堪らなくなって言った。

「テレビが見たいんだけど……今夜、ボクシングのヘビー級タイトルマッチがあるんだ」

ぼくがそう言うと、彼女はその場で踊るのを止め、テープを止めてバスルームへと足早に入って行った。

ボクシングの試合はたいしたことはなかった。つまらない前座試合がフルラウンド続き、マイク・タイソンは1ラウンドでカール・ウィリアムスをノックアウトしてしまった。

試合が終わってやっと、ハディアがまだバスルームから出て来てないことに気がついた。見に行くと、バスルームの中はスチームでいっぱいで、ハディアはバスタブの中に膝を抱えて座り、シャワーを頭から浴びながら泣いていた。

本当に悪いことをしてしまったと今でも反省している。

そんなハディアの踊りの中でも、いちばん奇妙だったのが、ぼくの家で行ったお祓いダンスだ。ぼくの横浜の実家に初めて足を踏み入れたとき、死んだふたりの弟の霊がまだ家の中を彷徨っている、と彼女は言った。

若いとき、ブラジルのヴードゥー教、カンドンブレの巫女にならないかとスカウトされたほど、彼女は霊感が強いということだった。

いや、弟の霊なら別に彷徨っていてもいいんだけど、とぼくが言うと、そんなことはない、霊を留めておいてはいけないんだ、と彼女は言った。

そしてその翌日、彼女は家の近くの松林から松の枝と松ぼっくりを持って帰り、全裸になると松葉と松ぼっくりを炙り、変な呪文を唱えながら家の部屋から部屋へと踊って回った。

母はそのとき、エーゲ海のクルーズに行っていた。いなくて本当に良かったと思った。裸の女シャーマンが家の中で踊り狂っているのだ。

弟たちの顔も思い浮かべてみた。

ここにいようが、天国にいようが、ふたりともさぞかしびっくりしていることだろうなと思った。

Pussy is sweeter than honey
and more valuable than money.

Mary B. Morrison

プッシーは蜂蜜より甘く、
お金より価値があるわ。

メアリー・B・モリソン

47 アンチョビ

ぼくには2番目の妻、オンディーヌとの間にシャーという息子がいる。25歳になった彼はいま、オーストラリアのブリスベンで暮らしているが、これは彼が15歳のときに日本に遊びにやって来たときの話である。

ぼくは当時、J-WAVEの友人たちと月に1回、クラブを借り切ってパーティーを開いていたのだが、これにシャーを連れていくことにした。彼ももう15歳なのだから、女の子たちに紹介したいと思ったのだ。

ぼくたちはぼくの2シーターのコンバーティブルに乗って、夜の首都高を走っていた。

「ねえ、パパ、ちょっと聞きたいことがあるんだけど」彼が突然、英語で言った。

「うん？　なんだい？」

「えっとね、パパは女性のあそこを舐めたことある？」

思わず、車の中でずっこけそうになった。女性のあそこ？　舐める？　でも、彼の顔は真剣だった。冗談ではなく、本気で聞いているのだ。えらいこった、と思った。ぼくは自分の親父にはそんなこと口が裂けても聞けなかったし、聞きたくもなかった。なのにシャーはいま……。

　これはちょっと、襟を正して答えてあげなければ、と思った。

「そりゃ、お前、女性のあそこを舐めるのはエチケットのひとつだよ」

「エチケット？」

「ああ。前戯のエチケットさ。嫌いな人もたまにいるけど、ほとんどの女性は好きだよ」

「ふーん……」彼はしばらく考えていた。

「お前、こういう話、オンディーヌとするの？」彼に聞いてみた。

「えッ？　ママと？　するわけないじゃん！」彼がびっくりした声で言った。「パパだから聞いているんだよ」

「そうか……」なんか、嬉しかった。

　オンディーヌとはシャーが5歳のときに離婚した。それから彼らはバリ島、そしてオーストラリアと移り住んだので、日本にいるぼくはほんのたまにしか彼に会うことができなかったし、生活費を送る以外、父親らしいことはほとんど何もしてやれなかった。

　そんな息子が今、こういう大切なことをぼくに聞いているのだ。ちょっとジンときた。

「ところでさ、パパ……」彼が沈黙を破って言った。

「女性のあそこって、どういう味がするの？」

もう1度ずっこけそうになったが、シャーの顔は依然として真剣だ。また襟を正して答えなければ。

「味って、お前、女性にも色々いるからさ、蜂蜜みたいな味の人もいれば……」

「蜂蜜?」

「ああ、蜂蜜みたいに甘い味の人もいれば、桃みたいな味の人もいるし、あと、ほんのたまにだけど、アンチョビみたいな味の人もいるよ」

「アンチョビ!?」彼がぎょっとした声で言った。そう言えば彼は大のアンチョビ嫌いだった。すっかり忘れていた。

「いや、ほんのたまに、そういう人もいるかもしれないってことさ」

「アンチョビ……」彼は動揺したような声でそう言うと、それ以上はなにも聞いてこなかった。

アンチョビがよっぽど気になったのだろう。彼はそれから2週間ほどぼくのところにいたが、たまに「アンチョビかあ……」とため息を漏らしていた。ぼくが「いや、アンチョビの人でも、ちゃんと舐めてあげるとみんな終いには蜂蜜のような甘い味がするんだよ」と言っても、納得できない顔をしていた。

それから半年ほど経ったある日、シドニーにいる彼から電話があった。

「パパ!　アンチョビじゃなかったよ!」彼は嬉しそうな声でそう言った。

幸せへの鍵のひとつは、
悪い記憶力よ。

リタ・メイ・ブラウン

One of the keys to happiness
is a bad memory.

Rita Mae Brown

48 忘却

ぼくはちょっと前まで、自分のことを人並以上の記憶力の持ち主だと思っていた。

いや、短期的記憶力は大したことはない。人の名前はしょっちゅう忘れるし、1週間前に読んだ本のタイトルを思い出せないときだってある。

でも、こと長期的記憶力に関してはかなりの自信があった。

たとえばぼくは5歳のときに住んでいた平屋建ての家の中の部屋のディテールから、生まれて初めてセックスをした女の子のパンティの模様まで、しっかりと憶えているし、昔のことを考えたり書いたりしていると、そのとき感じた孤独や喜びや悲しみなどがとてもリアルに甦ってくる。

そもそも作家としてのぼくのスタートは、高校を卒業して放浪の旅に出た自分が、アフガニスタンのカブールでポーカーをやって4000ドル勝ったときのことを書いたのがきっかけだった。書いているうちに、配られたカードの1枚1枚まで思い出すことができた。これなら半年間に及ぶ旅の全貌だって書けるだろうなと思い、そこから自伝の『エグザイルス——すべての旅は自分へとつながっている』の執筆へと発展していったのだ。

2冊目の自叙伝、『エグザイルス・ギャング』でハディアのことを書いていたときもそうだ。彼女と過ごした2年間のことを当初、原稿用紙にして100枚ぐらいに収めようと思っていたが、書くにつれて面白い出来事を次から次へと思い出し、終わってみると原稿は240枚に膨れ上がっていた。

ま、そんなわけで、長期的記憶力には絶対的な自信を持っていたのだが、数年前に行ったクラス会の辺りから、この自信に疑問を感じるようになった。

このクラス会でわかったのは、中学3年生のころ、ぼくがアンジェラというアメリカ人の女の子としばらく付き合っていたときのことをみんなが面白おかしく話しているのに、肝心のぼくは彼女とのことをまったく憶えていない、ということだった。彼女との関係どころか、彼女がどんな顔をした、どんな娘だったのかも、一切思い出せないのだ。ショックだった。

それからしばらくして、古いアルバムの中から今まで見たことがない写真が出て来た。白いTシャツにタイトなバミューダ・ショーツを履いた17、18歳のぼくが、菅野美穂似の美しい日本女性と、どこかの川のほとりを歩いているところを写したカラー写真である。写真の中のぼくたちの笑顔からして、きっとふたりは付き合っていたんだろうなと思うのだが、彼女のこともまったく思い出せない。うーん、せっかくの美人なのに、なんかものすごく損をした気分である。

極めつけはつい最近の出来事。毎年、山手にある古い洋館を借り切ってセント・ジョセフのOB

や友達がダンスパーティーを開催しているのだが、去年に続いて今年もぼくが司会を務めた。

40代から60代の男女がほとんどだったが、ダンスパーティー慣れした横浜の中年の遊び人は凄い。ぼくのすぐ下の後輩たちのおっさんバンドが演奏を開始したとたん、フロアはスウィングやツイストを踊る人々で溢れかえった。そしてパーティーの終わりまで、みんな汗だくになって踊りつづけた。たいしたパワーだ。

ぼくも司会の合間にみんなと踊ったのだが、パーティーの終わりごろ、ひとりの女性がぼくの前にやって来て、笑顔を振り撒きながら踊りだした。年齢はぼくと同じぐらい。60代前半だろうか。ふたりで仲良くツイストを踊ったあと、彼女は一言ぼくに言った。

「昔、那須高原で数日過ごしたの、憶えてる？　楽しかったわね」

えっ？　この女性と那須高原で数日？　いや、昔は彼女も女の子で、きっと可愛かったんだろうけど、まったく思い出せない。いったいどんな数日間を過ごしたんだろう？　うーん、あまり考えたくないかもしれない。

「心の記憶は悪いものを除去し、良いものを拡大する」とガルシア・マルケスは言っていたが、ぼくの記憶もそうみたいである。

別にこの女性が〝悪いもの〟と言っているわけではないけど。

たまに人生は
意地悪なユーモアのセンスを
持っているのよね。
自分が一番欲している物を、
最悪なときにくれるの。

リサ・クレイパス

Sometimes life has a cruel sense of humor,
giving you the thing you always wanted
at the worst time possible.
Lisa Kleypas

49 やさしく歌って

「ひとりになりたい……自由になりたい……新しい人生を歩みたい……新しい恋がしたい……」最初の妻のゲイルとの結婚生活が8年目を迎えようとしていたころ、ぼくはそんなことを密かに思うようになった。

シドニーの郊外でプライマル・セラピーという精神療法を受け、2年以上続いた鬱から解放されたばかりだった。不安や憂鬱や自己嫌悪から解き放たれ、新しく生まれ変わったような気分だった。行く手を覆っていた靄が晴れ、目の前に大きな世界が広がっていた。

そんな中、妻のゲイルとの関係は停滞していた。新鮮さや、お互いに対する興味がなくなっていた。食事を一緒にしていても、ほとんど会話がなかった。彼女も同じセラピーをやっていたので、きっと色々なことが内面で起こっていたと思うが、そういうことも聞かなかった。

当時のぼくは自分のことでいっぱいいっぱいだったのだ。

ぼくはセラピストを目指して研修を受けていたのだが、その間、彼女がレストランで働いて養ってくれていた。でも、彼女の送り迎えは友人のピーターにまかせっきりだった。

そんなある日、ピーターがいつものように彼女を迎えに行ったのだが、10時になっても、真夜中を過ぎても、ふたりは帰ってこなかった。

一睡もしないでふたりを待った。

明け方の6時ごろ、ふたりは手と手を取り合って帰って来た。

「あなたと別れたいの」ゲイルが言った。

「ピーターが私のことを愛してるって。私と一緒に暮らしたいって。私も彼のこと、愛してる。だから、自由にして」言葉が出なかった。頭が真っ白になり、腰が抜けそうになった。天地が引っ繰り返ってしまったような衝撃だった。ぼくは詰められるものを鞄に詰めると、家を出た。彼女はぼくを止めなかったし、あとを追っても来なかった。

セラピストの先輩たちのシェアハウスに転がりこんだぼくはその晩、自分を抱き抱えるようにして眠った。まだ涙は出てこなかった。ショック状態だったのだ。

あれだけ別れたいと思っていたのに、いざ彼女に別れを告げられると、真っ暗な宇宙にひとり取り残されたような孤独を感じた。彼女の存在がどれだけぼくを寂しさから守ってくれていたのか、改めて実感した。このまま死んでしまうのではないかと思った。

朝、目を覚ましたとき、自分がまだ生きているのが不思議だった。それから3日間、放心状態のまま、彼女から電話が掛かってくるのを待った。電話は掛かってこなかった。

4日目の朝、彼女に会いに行ったが、ベッドルームのドアを開けると、彼女とピーターが抱き合って寝ていた。ぼくはその場から逃げると、セラピーのセッション・ルームに駆け込んだ。そして泣きに泣いた。彼女のいない生活を想像すると、絶望的な孤独感に襲われた。

それからは毎朝、セッション・ルームに通い、まず泣くことから1日が始まった。酒に逃げたり、心を閉ざしてしまおうとは思わなかった。初恋に破れたときの失敗は繰り返したくなかった。せっかくセラピーをやっているのだ。感じられる感情は全て感じてやろう。悲しみとことん付き合ってやろう。そう思って、自分に寄り添った。

車に乗って、ひとりでよくドライブに行った。

ブッシュや田舎道や自然公園の中を走った。田舎道の真ん中でエリマキトカゲに遭遇したり、小指の大きさぐらいある巨大蟻、ブル・アントの巣に座ってしまい、お尻が腫れあがるほど刺されたこともあった。ドライブ中に急に悲しくなり、森の中でひとり、大泣きしたこともある。

3ヶ月もすると、張り裂けるような胸の痛みもなくなり、灰色一色だった世界にも温かいカラーが戻ってきた。ひとりでいるのも苦痛ではなくなった。孤独の中に、自分を見出すことができたのだ。そう、ぼくは立ち直り、新しい人生が始まったのだ。

でも、今でもあのとき、先輩セラピストの家でよく聴いていたロバータ・フラックの「やさしく歌って」を耳にすると、胸がちょっと痛くなる。

Love is the longing for the half
of ourselves we have lost.
Milan Kundera

愛とは
ぼくたちが
なくしてしまった
自分のもう半分を
切望することである。

ミラン・クンデラ

50 出会い Part 2

現在の妻、リコに会ったのは、しばらく女性と付き合うのはやめようと自分に誓った直後のことだった。

ハディアと別れ、オンディーヌとの離婚の話し合いにめどがつき、東京のJ-WAVEでのDJの仕事が決まったある日、ぼくは原宿にあったカフェ・ド・ロペで日記にこんなことを書いた。

「次に付き合う女性は、1.ベジタリアンではなく、2.ニューエイジ系でもなく、3.できれば日本人で、4.タバコを吸い、5.ジャンクフードや立ち食いそばを喜んで食べ、6.納豆も好きで、7.バイオレントな映画を含む、どんな映画も好きで、8.できればバイク乗りで、9.できればボクシングなどの格闘技が好きで、10.朗らかな女の子がいい。でも、こんなことを書いたとしても、またオンディーヌやハディアのような女性に恋をし、振り回されてしまう危険性は十分ある。だから、向こう半年間は誰とも付き合うのはやめよう。しばらくひとりでいて、心を休めよう」

これを書いた数日後、バックギャモンの日本チャンピオンで友人の永井さんと東京の代々木にあるダーツというブラッセリーへゲームをしに行った。オーナーの三森さんもバックギャモン・プレイヤーで、ここではいつでも気軽にボードを広げてゲームを楽しむことができるのだ。

ぼくたちは大きな丸テーブルにつき、ゲームを始めた。

30分ほど経っただろうか、小柄な若い女性が入って来て、同じテーブルの斜め向かいに座った。それがリコだった。

どこか寂しそうな影を湛えていたが、目鼻立ちの整った、とても美しい女の子だった。

彼女を見た瞬間、尾骨から脳天にかけて、ビリビリっと電流が走った。バックギャモンのゲームなど、どうでもよくなった。日記に書いたこともすっかり忘れてしまった。何でもいいから、彼女と話がしたい、彼女のことが知りたい、と思った。でも、それがどうしてもできなかった。緊張して、言葉が出なくなってしまったのだ。

なんとかしなくてはと思い、オーストラリア時代の仲間で、ブラッセリーのすぐ近くの会社で働いていたボビーに電話した。お調子者の彼なら、何とかしてくれるかもしれない。

ボビーはすっ飛んでやって来ると彼女の横に座り、「ねえねえ、名前なんて言うの？」「年はいくつ？」「仕事は何してるの？」と気軽に話しかけ、ぼくが聞きたかったことを全て聞いてくれた。

おかげで彼女も打ち解け、ぼくたちはみんなで話し始めた。

「彼女さ、大学生のとき、この店でバイトしたことがあって、今でも店のマドンナなんだぜ」彼女が帰ったあと、オーナーの三森さんが言った。

もう1度会わなければ一生後悔する、と思ったぼくは彼女に英語で「あなたにもう1度会いたいので、ぜひ電話をください」といったメモを書き、三森さんに渡してくれるよう頼んだ。

それから3日後、リコから家に電話があった。ぼくがまた会いたい、と彼女に告げると、彼女は少し躊躇したあと、OKしてくれた。

かくしてぼくたちの付き合いは始まった。彼女はバイク乗りではなかったし、格闘技もそれほど好きではなかったが、バイオレントな映画を野蛮だとは言わなかったし、ハンバーガーも立ち食いそばも納豆も好きだった。

とは言っても彼女はシャイで愛情表現には控えめな日本人女性。ぼくは陽気でうるさく、愛情表現がやたらオーバーな半分外国人。始めのうちはちぐはぐだった。

彼女が待ち合わせの場所に現れると、ぼくは立ち上がってハグをしようとし、彼女はびっくりして後ずさる。人前でのキスはもちろんNG。手を握るのも場所を選んでやってと言われた。

このミスマッチぶりをみた友人たちは、ぼくたちがどれくらいもつか、賭けたらしい。聞くところによると最短が1週間、最長で3ヶ月だったらしい。

ぼくもこの賭けに加わっていれば良かったと思う。ひとりで、いや、ふたりで総取りだ。

ぼくたちの関係は今年、20年目を迎えようとしている。

自然とは訪ねていく
ところではない。
自然は故郷だ。
ゲーリー・スナイダー
Nature is not a place to visit.
It is home.
Gary Snyder

51 ワイルド・ライフ

ぼくの最初の奥さんのゲイルはぼくと別れたあと、ピーターと結婚し、自然の中で自給自足の生活を始めた。

ふたりにリトル・ベアという息子が生まれてしばらくして、ぼくは彼らの元に遊びに行った。これは衝撃的な経験だった。

彼らは森の中でハンドメイドのインディアンティピーに住んでいて、リトル・ベアは素っ裸で、そして裸足で森の中を駆けずりまわっていた。ピーターは弓矢でカンガルーを狩りに行き、それがぼくたちの夕食となった。デザートにはゲイルが養蜂箱から採ってきた蜂蜜を食べた。自給自足もここまでいくと原始生活である。

それから10数年後、ぼくは今の奥さんのリコを連れて彼らを訪ねて行った。

彼らは以前住んでいた場所からそれほど遠くないところに4500エーカーの土地を購入し、小高い丘の上にログキャビンを建て、そこに住んでいた。

裸で森を駆けずり回っていたリトル・ベアは18歳のたくましい青年に成長し、彼の下にはアリーシャ、サラ、ジェシカの3人の可愛いティーンエイジャーの妹がいた。

ゲイルは幾分肉付きが良くなり、カントリー・ママといった感じで貫禄がついたが、笑顔は以前と変わらず少女のようで、美しかった。

ピーターとリトル・ベアは自分の土地を耕すことに精を出し、ゲイルは3人の娘に朝の9時から午後の3時まで、通信教育の勉強を全科目教えていた。まるで開拓時代のような生活だが、娘たちは3人ともとても利発で、みな大の読書家だった。

夕方、ぼくたちは彼らと一緒に丘の上の崖っぷちを散歩した。辺りには数十種類のユーカリやシダの木々が生い茂り、石や岩には鮮やかな苔が生えている。崖のはるか下にはうっそうとした森が広がり、その上を2羽の大きな鷲が優雅に舞っていた。溜息が出るぐらい美しい景色だ。

「この散歩が、私たちの1日のハイライトなの」長女のアリーシャが嬉しそうに言った。「みんなでこの土地を歩くの大好き。ここが世界でいちばん好きなところよ」

しばらく歩いたあと家に戻ると、家の前の敷地に大小様々なカンガルーやワラビーが20頭ほど横になったり、垣根に寄りかかったりしてくつろいでいる。

「彼らはみんな、野性のカンガルーとワラビーよ。私たちが餌付けしてるんで、朝と夕方に集まって来るの」ゲイルが言った。

ぼくたちはそれから30分ほど、カンガルーやワラビーにキャベツやレタスの切れ端をやって楽しんだ。カンガルーの子供や小さなワラビーはぼくたちの膝の上に乗り、リラックスして寝てしまうものまでいた。

「こんなことができるなんて、本当に信じられないわ」リコが笑って言った。

夕食は採れたての野菜のバーニャカウダと、ゲイル特製のベジタリアン・バーガーと、ピーターが作ったマッシュ・ポテトのご馳走だった。

娘たちはここでの生活の素晴らしさをぼくに熱く語り、リトル・ベアはいつか日本へ行って農作業の機械を見てみたいと言った。

食事の途中、キッチンの窓を叩く音がしたので行ってみると、オポッサムが大きな目をぼくに向けている。ピーターが窓を開けてやると、そいつはキッチンに入って来て野菜の切れ端を手に取り、そそくさと出て行った。それから数分後、マグパイというカラスに似た鳥がくちばしで窓をつついて餌をねだる。

これこそ自然と一体化した、野性の中の生活だ。

食後、子供たちが眠りに就き、ピーターが薪を取りに外へ出て行ったとき、ゲイルに「幸せかい？」と聞いてみた。すると彼女はぼくに微笑み、

「うん、とっても」と幸せそうな口調でつぶやいた。とても良い笑顔だった。

もう10数年前の話だが、いまでも彼らはこの森の中の土地で元気に、家族そろって暮らしている。

男は男のフリをしている
少年であり、女は少女の
フリをしている女である。

作者不明

Men are little boys pretending
to be men, and women are women
pretending to be little girls.

Anonymous

52

エア

ぼくには今の奥さんとの間に14歳の娘がいる。名前は瑛愛と書いてエア、と読む。

ルックスはどちらかというと奥さんに似ているが、わがままで、自己顕示欲が強く、頑固で、マイペースなところはぼくにそっくりだ。いやと言ったら聞かないし、怒られても動じない。何がなんでも我が道を行くタイプだ。

幼稚園児のころは車に乗せれば、やれ幌を下げろ、もっとスピードを出せ、ビートルズのCDをかけてくれと大騒ぎするし、リビングでひとりダンスを踊っていたかと思うと、ソファに足をのせたまま、逆さまの格好でいびきをかいていたりした。

彼女が5歳のとき、叱られた腹いせに「わたしはたびにでます。もうかえってこないです」という書き置きを残して家出をした。すぐに近くの公園で見つかったが、この書き置きは今でも我が家に大事に保管されている。

彼女は嬉しくなるとすぐに踊りだす。この創作ダンスはお尻を突き出してプリプリやり、両手は胸の前でグリグリ回し、口はとんがり、目は上を向いて半分白目になるという極めて変な踊りなのだが、これはシャーが5歳のころにやっていた踊りとまったく同じものだ。ふたりは10歳も年が離れているし、ひとつ屋根の下で暮らしたこともない。なぜ同じ変な踊りを踊るのか、ぼくには謎である。ぼくの遺伝子？　そうかもしれないが、ぼくはあんな踊りを踊った記憶はない。

そんなエアはシャーのことが大好きで、彼から電話がある度に「アイラブユー！　アイラブユー！」と叫んで、彼を笑わせている。

彼女が6歳ぐらいのとき、シャーが日本に遊びに帰って来たのだが、そのときは彼女のぱんぱんに張ったほっぺたをシャーの顔に擦り付ける「ほっぺ攻撃」をかけたり、彼がどこかへ出かけようとすると、彼の足にしがみついてそれを阻止しようとしたりした。

中学に進学した彼女は最近はファッションやメイクに凝り、同じ演劇部の仲間たちとグループデートをしたりしているが、男の子との付き合いに関してはあまり心配していない。いや、ぼくみたいな男を家に連れてきたらどうしようとか、ぼくとは逆の固くてくそ真面目で退屈なやつを連れてこられても困る、といったようなことを考えることはある。

でも、頑固で我の強い彼女を見ていると、最近では連れて来られる男のほうに「お前、大丈夫かよ？　大変だろ？」と言ってしまいそうである。

エアがまだ小さいころ、ぼくは雑誌のインタビューで、お嬢さんにはどんな女性になってほしいですか、と聞かれ、次のようなことを言った覚えがある。

「バカにはなってほしくないですね。毎晩テレビのつまらないドラマを見て、翌日友達とその話で盛り上がるような。それよりも本を好きになってほしいな。ボリス・ヴィアンとかポール・オースターとかアントニオ・タブッキとかね。あと、ひとりで映画を観に行くような女性になってほしいな。シネコンから単館映画館にもね。音楽はやっぱりロックですね。商業ベースに乗ったえせロックじゃなく、本物のロック。それもアウトローっぽいものとか、とんがったもの。旅もいっぱいしてほしいな。それもハワイに友達とパック旅行とか、韓国にエステツアー、みたいなものではなく、ひとりでインド放浪、なんていう旅をぜひしてほしいな。インド放浪だったらぼくも付いて行っちゃうかも」

そんなバカなことを延々としゃべってしまったのだが、あれから10年近く経った今、理想はなかなか叶わないものなんだなとつくづく思う。

たとえばエアはここ数年、ぼくに言わせれば面白くもなんともないテレビの連ドラを見て、翌日友達とその話で盛り上がっているみたいだし、本は好きでよく読んでいるが、少女マンガとか少女雑誌にもはまっている。音楽はとんがったものも好きだが、商業ベースに乗ったアイドルも大好き。映画もよく観に行っているが、若者向けの邦画がいちばん好きだ。このままだと近い将来、ハワイにパック旅行だとか韓国にエステツアーに行きそうな気がする。

でもそんな彼女も嬉しくなると未だにあの変な踊りを踊っている。これをやっているうちはまだまだ大丈夫だなと、ぼくは思うようにしている。

If there's a book that you want to read,
but it hasn't been written yet, then you must write it
Toni Morrison

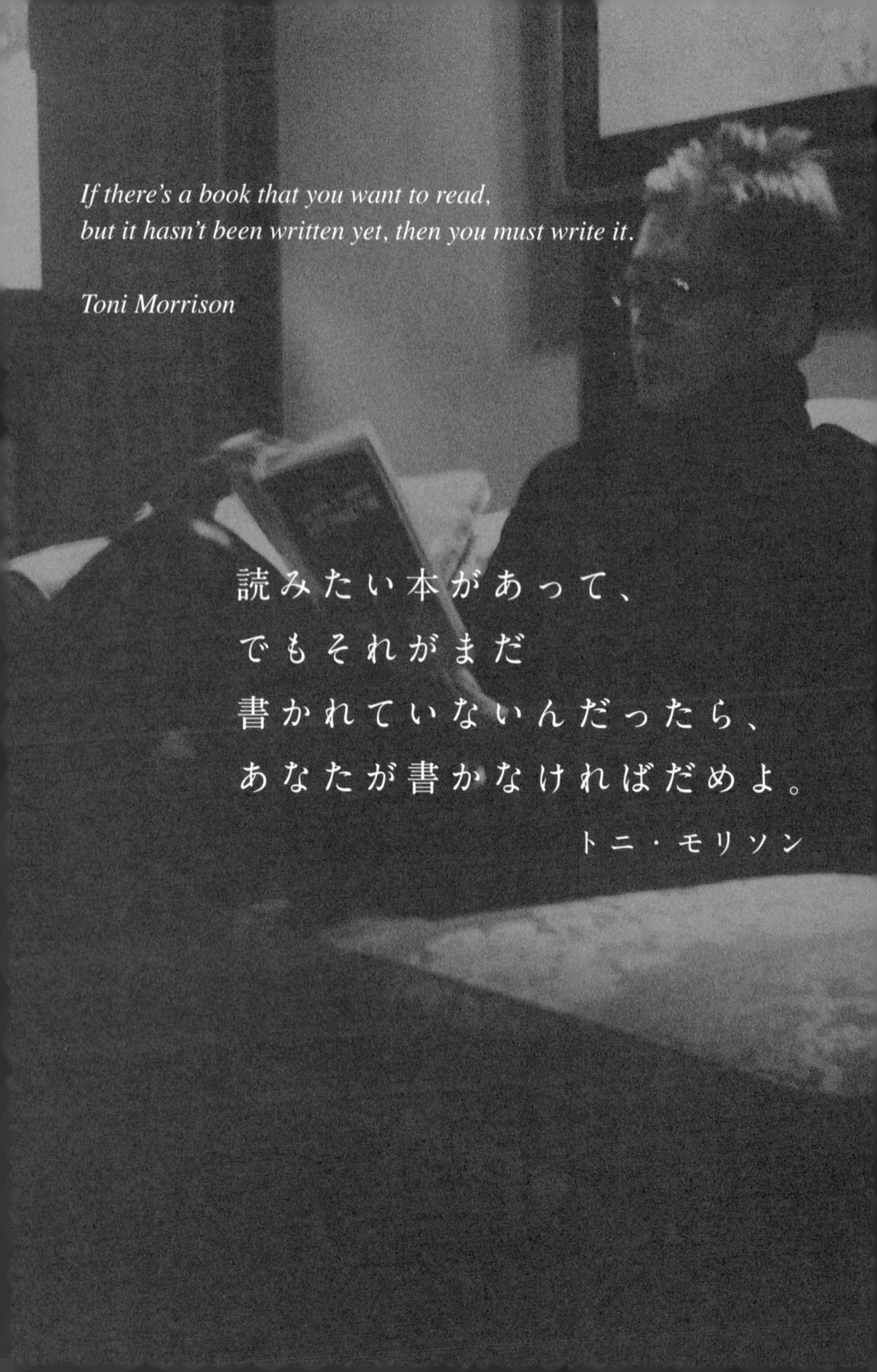

If there's a book that you want to read,
but it hasn't been written yet, then you must write it.

Toni Morrison

読みたい本があって、
でもそれがまだ
書かれていないんだったら、
あなたが書かなければだめよ。

トニ・モリソン

53
編集者

ぼくには今まで、さまざまな優秀な編集者が付き、いい相談役になってくれたり、必要なときにぼくのお尻を叩いてくれたりしたが（比喩的に）、ぼくのいちばんの編集者は、なんと言っても奥さんのリコである。

ぼくが最初に取り掛かった本は自伝の『エグザイルス』だが、初めからこの企画にはちょっとした問題があった。ぼくはそれまで、日本語でものを書いたことがなかったのだ。

いや、日本で生まれ育ったので日本語は話せたし、本もある程度は読めた。でも、教育は小学校から大学までずっと英語で受けたし、日本語のクラスをサボっていたので漢字はほとんど書けない。語彙だって、英語のほうが日本語の何十倍も知っていた。たしかにぼくは大学時代から作家になることを夢見てきたが、初めからずっと英語で本を書くつもりでいたのだ。

そんなわけで、いざ書き始めてみると、思ったとおり、壁にぶちあたった。

英語の単語やフレーズは出て来るのだが、日本語がどうしても出て来ない。簡単な描写でさえなかなか書けない。そこには常に、思ったことを上手く表現できないフラストレーションがあった。

書店に通い、村上龍や村上春樹、山田詠美、よしもとばなな、宮本輝、池澤夏樹、辻仁成や江國香織といった現代作家の作品を買っては読み漁った。お手本となる文章を読んで自分の表現力を向上させようとしたのだ。でも、そんなにわか仕込みの勉強ですぐに効果が出る筈がない。

それよりも、いちばん勉強になったのは、リコとの毎日のやり取りだった。

ぼくが原稿用紙に文章を書いて彼女に渡す。彼女はぼくのミミズがのたくったような、ひらがなばかりの文章をなんとか解読し、それをワープロでタイプしてくれる。これだけでもかなり大変な作業なのだが、稚拙な言い回しや語順が変な文章を見つけると、「〝ぴったり合っている〟よりは〝的確〟か〝相応しい〟っていう言葉の方がいいと思うな」とか、「これって英語で書くとこうなるかもしれないけど、日本語ではこう書いたほうがいいよ」と注意してくれる。ぼくは「そうか、そうか」と言ってぼくなりに文章を書き直してみる。それを彼女がまたチェックしてくれる。全体的な構成やストーリーの流れ、文章のリズムなども見てくれる。

こんなやり取りを毎日、何時間も根気よく繰り返しやってくれるのだ。

それだけではない。ぼくのどちらかというと英語を日本語に訳したような文体も、個性的で良いと思ったところはそれなりに評価してくれて「これはススムさんらしくていいから、このままにしておこう」などとアドバイスしてくれた。

また、ぼくの過去の女性関係の回想やセックスの赤裸々な描写も根気良く読んでくれて、客観的な意見を述べてくれた。

リコのこの献身的なサポートのおかげでぼくは1年とちょっとで自伝『エグザイルス』を書き上げることができた。本は1週間で重版がかかり、話題を呼び、ロングセラーになっていった。ぼくの作家としての門出を飾ってくれる作品となったのだ。

その翌年、ぼくは『エグザイルス』の続編と言える『エグザイルス・ギャング』を書き始めたのだが、このときもリコが全ての面において助けてくれた。ただ、ぼくもこのころには日本語で書くことにもずいぶんと慣れたので、リズムやペースを維持するために5日おきとか10日おきにリコに原稿を渡し、定期的にディスカッションするようになった。

執筆も追い込みに入ったころ、CMの仕事で10日間ほどネパールへ行かなくてはならず、ぼくはその間、現地のホテルでかなりの量の原稿を書き溜め、日本に帰るとリコに渡して読んでもらった。内容は、ハディアと日本で同棲を始めてから別れるまでの過程を描いたものだ。

これを読んだときのリコのことは今でもよく覚えている。

ハディアはぼくにとってはリコのひとり前の彼女。そんな彼女との別れの件を読んだリコは、いやな顔をするどころか、

「悲しいね、あんなに愛し合っていたのにね」と言って涙を流してくれた。

素晴らしい編集者……というよりは、それ以前に、素晴らしい奥さんである。

あとがきにかえて

東日本大震災のあと、とくに福島第1原発事故のニュースが世界に流れたあと、3人の女性からぼくに電話があった。

最初の電話はブラジルのハディアからだった。

ぼくと別れたあと、彼女は生まれ故郷、ブラジルの南東部にあるミナスジェライス州の州都、ベロオリゾンテに帰り、ブラジル人の建築家と結婚して息子が生まれたが、5年ほどで夫と別れた。それからしばらくして美術のキュレーターの男性と結婚し、ハワイやヨーロッパの各地で暮らしたが、その夫とも別れ、今ではまた故郷のベロオリゾンテにもどり、写真家として生計を立てながら、21歳になった息子とふたりで暮らしている。

「ススム、大丈夫？　日本は危険よ」と彼女は言った。

「放射能が東京や横浜にも届いているって新聞で読んだわ。だから、ここにおいで。ベロジゾンチ（と彼女は発音する）は素敵なところよ。ブラジルの経済もいまは上向きだし、あなただったらどこでも生きていけるでしょ。家族を連れていらっしゃい。あたしの家は古くておんぼろだけど、広いから、あなたたちみんながゆったり暮らしていけるわ」

次の電話はぼくの最初の妻のゲイルからだった。

この本でも書いたように、ゲイルは現在、オーストラリアの片田舎に夫のピーターと4人の子供と、まるで西部劇の開拓者のようなワイルドな生活を営んでいる。長男のリトル・ベアは30代半ば、10数年前に最後に会った3人の美しい娘たちは20代の前半から後半の女性へと成長した。長女と次女はそれぞれ近隣の町、タムワースで働いているが、仕事が終われば家に帰って来る。そして毎朝と毎夕、彼らはカンガルーやワラビーに野菜をやり、夜になるとオポッサムやマグパイに夕食の残りをあげている。

そんな彼らもテレビとパソコンは持っている。

「ススム？　大変だったたね。みんな大丈夫？　こっちのニュースは日本の津波と原発事故の話題で持ちきりだよ」とゲイルは言った。

「ススムは日本で頑張ってきたし、長い間かけて生活の基盤を築いてきたのはわかっているけど、死んじゃったら元も子もないでしょ。だから、良かったら、うちに来ない？　もちろん、奥さんとエアちゃんとママも連れて来ていいよ。土地は十分あるから好きなところに家を建てればいいよ。もちろん、建てるのは私たちが手伝うし、ススムは本を書いて収入を得ることができるでしょ。だから、こっちにおいで」

3番目の電話はぼくの2番目の妻のオンディーヌからだった。

彼女は現在、イタリア系のオージーの夫リチャードと、ふたりの間にできた10歳の息子のソラとともにニュー・サウス・ウェールズ州の最北にある田舎町、マーウィランバーの外れにある森の中のコテージで暮らしている。ふたりともカンフーの師範で、町に小さな道場を経営している。

「ススム？　あなた、なんでまだ日本にいるの？」彼女はいつもの畳み掛けるような口調で言った。

「放射能、相当ひどいってみんなが言ってるわよ。あなた、エアのこと、心配じゃないの？　だめよ、ぐずぐずしてちゃ。生死に関わる問題なのよ。早く家族を連れて、こっちに来なさいよ。うちはボロ家だけど、部屋はあるからここで暮らせるわよ。あなただったらシドニーにコネもあるから、仕事は落ち着いてから探せばいいじゃない。とにかく、1日も早くこっちにいらっしゃい」

ということだった。

3人からの電話は震災から1週間ほど経った、数日の間にあった。3人の元恋人から救済のオファー。それもぼくだけではなく、家族全員に対してである。

これには心を打たれた。3人とも、ぼくたちのことを真剣に助けようとしているのだ。我々が全員で押し掛けて行ったら、彼らの生活もきっと大変なことになるだろうに、それでもおいでと言ってくれている。本当にありがたいなと思った。

でも、ぼくは彼女たちが言うほど放射能汚染の危険は切迫したものではないと思っていたし、震災後は意地でも日本に留まり、この国のみんなと運命を共にしたいと思っていた。だから救済のオファーは丁重に、感謝しつつも辞退した。

3人からのオファーのことを妻のリコに話すと、

「ふーん、そうなんだ……わたしとしては複雑な気持ちだけど、でも、ススムさんって、みんなと良い別れ方したんだね」と言った。

良い別れ方をしたとは思わないが、彼女たちとは別れたあともずっとコンタクトを取り合い、言葉を交わし、友情を維持してきた。

さすがにブラジルにいるハディアとは別れてから1度も会っていないが、それでもたまに電話で話し、お互いの近況を報告しあっている。

ゲイルの森の中の家へは長男のリトル・ベアがまだ小さいときに何度か遊びに訪れ、ピーターと野豚を狩ったり、リトル・ベアと川で泳いだり、ゲイルと蜂蜜を採ったりしてきた。ぼくが日本に帰国してからはリコと訪ねて行ったのを最後に会っていないが、ときおり電話で話したり、たまに長い手紙をやり取りしたりしている。

オンディーヌとは、息子のシャーのこともあるので、別れてからも頻繁に会ってきた。彼女がシャーとバリ島のウブドで暮らしていたときは、年に1、2回は遊びに行っていたし、オーストラリアにもどったあとも、何回か会いに行っている。田舎のマーウィランバーの家にも訪ねて行った。

つい数日前、そう、このあとがきを書き始めたとき、1年ぶりに彼女から電話があった（これってやはりシンクロニシティなのだろうか）。

彼女はいつものように早口で自分の近況を語ると、

「でも、私たちってこれからはもっと頻繁に電話しあったほうがいいと思うよ。そう、月に1回は電話するようにしない？」と言った。

月に1回は多いと思ったが、ぼくは「いいよ、そうしよう」と答えておいた。シャーの親として、我々はこれからもずっと連絡は取り合っていくことになるだろう。


彼女たち3人の他にもコンタクトを取り続けている女性たちはいる。

リコとゲイルを訪ねて行った前日、アーミデイルという田舎の学生の町にふたりの娘と暮らすゲイノーを訪ねて行ったが、彼女は昔と変わらず元気で、自分の人生をしっかりと歩んでいた。この本にも書いたように、アニーとは日本で再会し、何度か食事を共にした。彼女はレズビアンのパートナーと暮らしながら食品衛生士の仕事を続けている。

スージーとイングリッドとも最近、電話で話した。スージーはニュー・サウス・ウェールズ州のブッシュの中に家を建て、恋人とジュエリーを作りながら暮らしている。アーティストのイングリッドはクイーンズランド州のタウンズヴィルの美術館の館長をやっている。

数年前にマリリンと電話で長いこと語り合ったが、彼女も元気で、依然、ヘンリーと一緒だった。ヘンリーは映画制作会社の社長になり、ふたりは現在、クイーンズランド州のブリスベンで暮らしている。

また、これはネットで調べたのだが、デザイナーのケイティー・パイは未だにシドニーのファッション界で活動していて、数年前、彼女の回顧展がシドニーで開かれている。

シンガーのジャン・コーネルとジーニー・ルイスとメリル・レパードは今でもシンガー・ソングライターとしてオーストラリアの音楽業界で活躍している。

それからまえがきに書いた、幼いころに近くの神社でデートしたかよちゃんは、数年前まで近所に住んでいて、ぼくが帰国してからはたまに道端で会い、言葉を交わしてきた。彼女は20代のときに結婚した夫とずっと一緒で、娘さんが最近、子供を産んだのでおばあちゃんになったと言っていたが、彼女のそばかすは未だに可愛いくて、チャーミングである。

その他、Sの女性のエリカや初恋の相手のタミー、ジュリー、アマンダ、レズのサム、リンデルやアネット、トレイシーやイヴォンヌ、アリソンの所在はわからない。どこかで、元気に、ハッピーに、充実した人生を歩んでいることをぼくは祈っている。

彼女たちはみな、愛と喜び、快楽と笑い、そしてときには悲しみと孤独をぼくと共有した仲間であり、友であり、ソウル・メイトである。

あと、ぼくの母の近況をお伝えすると、映画『ライフ・オブ・パイ／トラと漂流した227日』を観た夜、トラと戦う夢を見て、戦いには見事に勝利したが、打ち負かしたトラをどうやって家で飼うのかわからず、どうしたものかと、汗をかいて目を覚ましたらしい。

最後になってしまったが、晶文社の太田泰弘社長、取締役柳澤祐二さん、営業部課長福士篤太郎さん、編集から装丁のデザイン、写真の撮影にも携わり、執筆中のぼくを励まし、辛抱強く付き合ってくれた編集の奥村友彦さん、そしていつものようにぼくの原稿を読み、細部までチェックし、数々のアドバイスからタイトルの提案までしてくれたぼくの奥さんのリコに、ここで改めて感謝します。ありがとう。

撮影協力：Bar DOVECOT

著者について

ロバート・ハリス

横浜生まれ。上智大学卒業後、71年に日本を後にし、東南アジアを放浪。バリ島に1年間滞在後、オーストラリアに渡り延べ16年間滞在。シドニーで書店&画廊「エグザイルス」を経営。
オーストラリア国営テレビ局で日本映画の英語字幕を担当後、テレビ映画製作に参加、帰国後J-WAVEのナビゲーターや、作家としても活躍中。著書に『エグザイルス』、『人生の100のリスト』(ともに講談社+α文庫)、『英語なんてこれだけ聴けてこれだけ言えれば世界はどこでも旅できる』(東京書籍)、他多数。

WOMEN《ウィメン》
ぼくが愛した女性たちの話

二〇一三年六月一一日初版

著　者　ロバート・ハリス
発行者　株式会社晶文社
東京都千代田区神田神保町一一一一
電話(〇三)三五一八-四九四〇(代表)・四九四二(編集)
URL http://www.shobunsha.co.jp

装丁・レイアウト　大谷佳央／本文DTP　佐川敏章
印　刷　ベクトル印刷株式会社
製　本　ナショナル製本協同組合

ISBN978-4-7949-6904-0　Printed in Japan